新潮文庫

僕の妻はエイリアン

—「高機能自閉症」との不思議な結婚生活—

泉 流星著

新潮社版

8473

きみみたいな人には初めて出会った。
一緒にいるだけで、平凡な一日を冒険に変えてしまう。
きみが世界を見る目って、ちょっとズレてるから、
どんなことも目新しく、新鮮で、面白いと思えるんだね。
他の人が見過ごしがちな、ちょっとしたことにも気づくから、
ありふれたものの中にも美しさを見つけて、
ほほえむことができるんだろうね。
たとえ、人生にゆきづまってしまった時でさえ。

——トレイシー・ドノヴァン

夫まえがき

僕の妻は異星人《エイリアン》だ。といっても、緑色もしていなければ、とがった耳も持っていない。宇宙からやってきたわけですらない。地球生まれの純日本産、外見はごく普通の人間と変わりない。

ではどこが違うのかというと、脳のつくりだ。妻の「異星人」らしいところ——常識破りで、時々ものすごくぶっ飛んだ言動をしては周囲の人のドギモを抜くこと、妙に硬い書き言葉で話すこと、一度見た風景は細部まで覚えているくせに、人の話はどうもしっかり耳に入らないこと、一日の生活の流れが急に変わると、突然不機嫌になってしまうこと、などなど——は、いまの医学では、「高機能自閉症」と呼ばれる状態らしい。一見普通の人に見えても、持って生まれた脳のつくりや働きが、地球人とは微妙に違っていることが原因だ。脳が違えば、当然、ものの見方や感じ方、行動のしかたも違ってくるわけで、そのへんが地球人には「何か妙にズレてる」と見える。

異星人の妻と地球人の僕が結婚しているってことは、いわば国際結婚みたいなものだ。日本生まれの日本育ち、年齢だって一歳半しか違わない日本人同士とはとても思えないような異文化摩擦がしょっちゅう起きる。こっちが常識だと思っていることが全然妻にはわかってなかったり、物事に対して妻がこっちの予想もつかないようなキテレツな反応をするなんてことも、ウチでは日常茶飯事だ。けれど、このことを他人にわかるように説明するのはとても難しい。何たって呼び名に「高機能」とついているぐらいだ。知らない人が見てすぐわかるような違いはほとんどない。妻に限らず、「高機能」と呼ばれるたいがいの自閉系人間は、周囲からは「ずいぶん風変わりな人」「何だか非常識な人」という程度に見られてはいるものの、多くの場合、地球人にまぎれて普通に生活している。

僕の妻は言語能力が非常に高いので、「アスペルガー症候群」という分類に近いらしい。これはハンス・アスペルガーという人にちなんだ名前で、知的障害がなく、言葉もよく使えるけれど、自閉症独特の特徴を持っている人、というぐらいの意味だ。ちなみに自閉症の特徴とは、社会性の問題（社会の中でうまくやっていくことが困難）、コミュニケーションの問題（人と心を通わせ、スムーズに意思疎《そ》通《つう》することが困難）、こだわりや常同行動の問題がある（特定の物事に強い執着を示し、常に一定の行動パターン

自閉症スペクトラム/広汎性《こうはんせい》発達障害

自閉症に関連した特徴をもつ人はみんな、同じ一つの
連続体（スペクトラム）のどこかに属するという考えかた

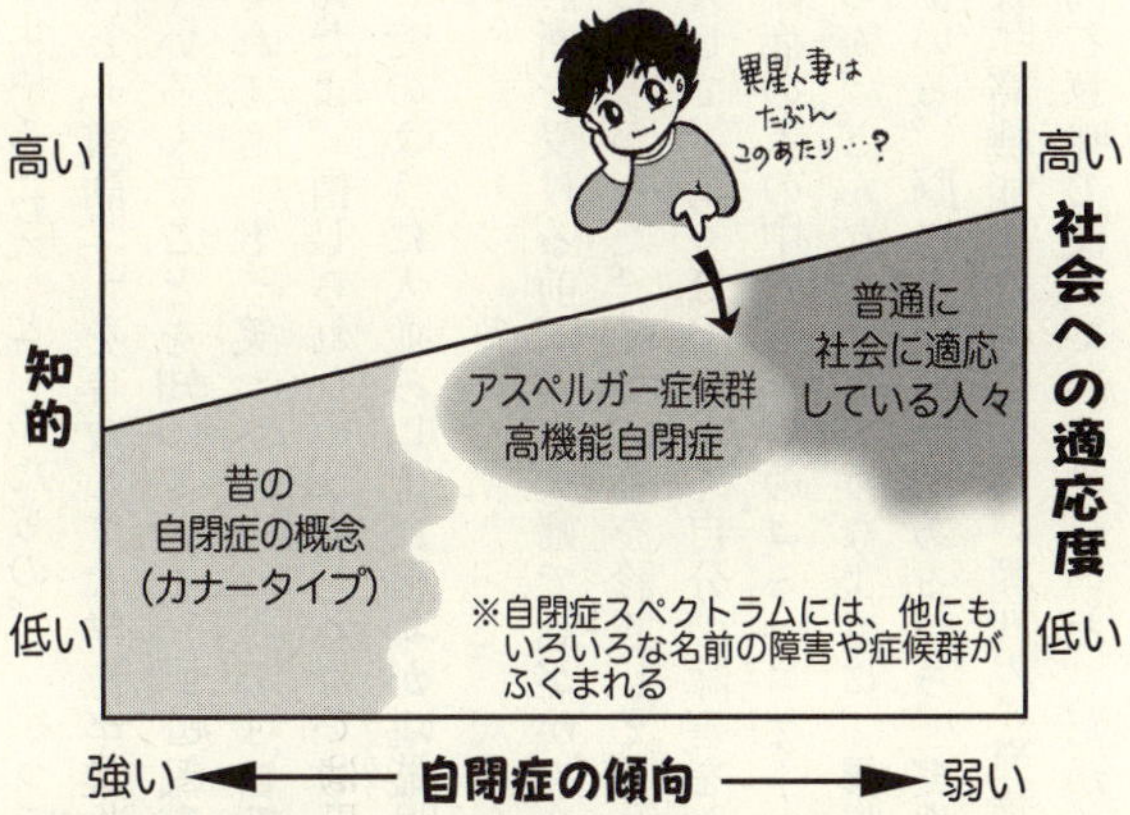

「自閉症の傾向」がある人って…？

×「自閉」は内向的だとか引きこもり好き、人間ぎらいといった意味ではない。個性はさまざま。わざと我がまま勝手なふるまいで人目を引きたがるといった「性格の悪さ」とも無関係。

○実際は脳のつくりや働きがもとから違っているため、感じかたや考えかたに独特の特徴がある人のこと。「まるで別の星から来たような」違和感がある（本人も周囲の人も）場合があり、地球人社会にうまく適応するのが難しい。

☆共通する特徴は、おもに３つ

- 社会にとけこみ、周囲の人々に適応するのが難しい。
- 言葉が使えても、人とのコミュニケーションが不得意。
- 特定のものごとだけに強い興味をもつ、決まった習慣や行動をくり返すといった、こだわりが強い。

を守った生活を好む）、といったもの。

妻は何と「言語学」を専攻して大学を卒業しているし、本を読むのも大好きで、ものすごくいろんなことを知っている。頭の回転が早くて、話す時もちょっと早口だ。だけどそれでも、もう笑っちゃうぐらい、自閉症の特徴すべてにぴったりあてはまっているんだよ。信じられないかもしれないけれど、コミュニケーションの障害っていうのは、妻のように人並み以上に言葉が堪能《たんのう》な人でも、完全に克服することはできないんだ。

妻が診断を受ける前、僕は夫婦で話がかみ合わないことによくいら立ち、ケンカになることも多かった。でも、妻を診断してくれた医者は、これでも妻は自分なりに精一杯工夫して、驚くほどうまく自分の障害をカバーしているんだと教えてくれた。高機能自閉症の人の中でも、妻のコミュニケーション能力はかなり高い方なんだそうだ。

もちろん、どんな人でもそうなように、異星人にもそれぞれ個性があって、一人一人違っている。脳にも個人差があるから、実生活で現れる問題も実に幅広い。医者によっては「高機能広汎性《こうはんせい》（＝広い範囲の）発達障害」という言葉を「高機能自閉症」とほぼ同じ意味で使っているぐらいだ。だからこそ、よけいに説明しにくいし、理解もされにくい。妻のように見た目が普通でちゃんとした大人に見える人ほど、周囲には何でも人並みにできることを期待されるから、ヘンな言動や非常識な態度を人前にさらしてしまった時の風当たりも一段と強い。

高機能自閉症や高機能広汎性発達障害なんて耳慣れない言葉だし、自分には縁がない話だと思うかもしれない。けれど、実は今や普通学級の子どもの六パーセントが何らかの発達障害を持っていると考えられている（文部科学省調べ）。つまり、今どきの学校ではどのクラスにも最低数人はこういう「何か変わった感じ」の特質を持った子どもがいるってことだ。

大人の中にも、妻のように診断されないまま生活している人が、おそらく同じぐらいの割合でいるのではないかと推定されている。ということは、誰でも知り合いに一人ぐらい、妻のような異星人がいるってことになる。僕たち夫婦がこの本を出すことにしたのも、実は意外にみんなの身近に存在している異星人についてもっと知ってもらい、相互理解をはかることは、今や誰にとっても大切な問題になってきたんじゃないかと思ったからなんだ。

僕と妻はともに三十代後半で、結婚して十年になる。初めて出会ったのは、二人の実家がある神戸だった。お互い仕事を持っての遠距離恋愛だったのでなかなかゆっくり会う機会はなかったし、二人ともすでに三十歳目前で、気の合う相手が見つかれば早く落ち着きたいって気分だったこともあり、交際期間半年であっというまに結婚。もちろん、最初から妻がかなり個性的な人だってことは僕にもわかっていたけれど、実際どんなに変わった人か、一緒に暮らすのがどんなに難しいかは、結婚するまで気づかなかった。

僕は妻以外の自閉系の人とは付き合いがない。当然、ここに書いた話は妻個人のことなので、高機能自閉症やアスペルガー症候群と呼ばれる人たちがみんなこんな風だってわけじゃない。そもそも、どこまでが妻だけの特徴で、どこまでが異星人共通の特性かなんて、きっちり分けられるものじゃないと思うんだ。異星人であれ地球人であれ、一人の人の中にはいろんな要素が詰まっているし、個性っていうのは、そうしたものすべてが溶け合い、複雑にからみ合ってできているものだから……

この本に書いたのは、どれも実際にあったことだ(プライバシーや人間関係に配慮して、多少事実に手を加えている部分はあるけれど)。これは、あくまで僕ら夫婦の生活についての話。そこのところを頭においた上で、これを読んで、大いに笑って面白がって、「異星人と暮らすって、こんなことなのか!」とか「こんな夫婦もありなんだなぁ」とか、いろんなことを感じてもらえれば、とても嬉《うれ》しい。

さあ、山あり谷ありの、僕らのおかしな結婚生活へ、ようこそ。

目次

本文イラスト・図版　児島麻美

異星人妻（純地球産）

☆一九六〇年代後半、神戸生れ。数年前に、「地球人とはちょっと違う、異星人の脳」を持っていることが判明。日本社会という異文化にうまくとけこむのは難しく、今も苦闘中。外では何かとトラブルを巻き起こしがちなので、目下の仕事は家での書きものや翻訳仕事が中心。

☆読書大好きのインドア派。但し旅行は別で、世界二〇カ国以上を渡り歩いてきたサバイバル系旅人。

☆異星人と見破られるのが最大の不安。でも地球人離れしたふるまいで、すぐにバレてしまう。

地球人夫

☆一九六〇年代後半、神戸生れ。子供の頃から無類のメカ好きで、理系人生まっしぐら。今はデジカメなどを作る工場で使う製造マシンの設計・開発が専門の、サラリーマン技術者。

☆スポーツ大好きのアウトドア派。オフロードバイクを乗り回し、モトクロスや自転車のレースに出たりして週末を過ごす。

☆夢はトライアスロン出場。年齢に関係なく、心は永遠にヤング……なつもり。

僕の妻はエイリアン

——「高機能自閉症」との不思議な結婚生活——

第1章

妻との日常

生活していて、ちょっと風変わりなこと

はじめに、僕らの日々の生活について紹介しよう。妻が異星人ぶりを発揮するとき、それぞれのエピソード自体は、驚くほど奇妙ってわけじゃない。おそらく誰にでも、ひとつやふたつは心当たりがあるような、ちょっとしたことだ。「自分のまわりにもいるよ、こういうヘンなことする人！」とか、「ああ、こんな失敗なら自分もやったことある」なんて言う人も多いだろう。こんなことが、脳のつくりの違いからくる障害のあらわれだって？　大げさに考えすぎなんじゃないか、と思うかもしれない。

けれど、たとえひとつひとつは「誰にでもあるようなこと」でも、それがあらゆる形で、たった一人の人に日々起こり続けるというのは……やっぱり、ひどく妙だ。

不可解な言動を繰り返す妻と一緒に生活し、いろいろな経験を重ねているうち、こうした言動の裏にひそむ地球人離れした異質さがだんだんと感じられるようになる。これはどうやら、ちょっとばかり変わってるとか、単なる困ったヤツなんてもんじゃないぞ、ということがわかってくるんだ。

けれど、ひとつひとつのエピソードは、ほとんどがあまりにもありふれたことばかり。異星人妻の持つ感覚の本質的な違いを実感してもらうためには、僕らの日常の中のこまごました出来事を一緒にたどってもらうのが一番わかりやすいと思う。

というわけで、これから我が家のごく典型的な一日をご紹介しよう。

妻は毎朝ニュースを見る

我が家の朝は、妻がテレビをつけてお堅いニュース番組にチャンネルを合わせることから始まる。どこにでもある、平和な朝の光景。

……ただしウチで平和が成り立つのは、妻のこの習慣が無事に守られている場合に限っての話、なんだけどね。

朝一番にニュースを見るのは、異星人妻にとってすごく重要な日課のひとつだ。気持ちよく一日をスタートさせたければ、絶対に邪魔をしない方が無難。僕としては、前の晩に録画した番組を見たい時だってあるのだけれど、朝はとりあえずガマンしている。

「え〜、夫ってそんなに毎朝ガマンしてたの？」

「そうだよ。だって、妻は決まった生活パターンが乱れると、たいがいイライラしだすんだから」

「そ、そう？　そんな露骨にわかる？」

「わかる」。わかるも何も。妻が嫌な気分になると、表情や態度にロコツに出てしまう。妻に限らず、自閉系の人は良くも悪くも、表向きをそつなくとりつくろうってことが難しい。「わざとやってるんじゃないのはわかってるけど、実際、不機嫌がバレバレになるんだからしょうがないだろ。だからもう、朝のテレビは妻のものってことであきらめてるの。朝っぱらからケンカしたくないから」

「ううっ、すでに夫にあきらめられてたのか……」

「いいよ別に。それで平和に朝が過ごせるんだからさ。でも妻、前から聞きたかったんだけど、朝一番にニュースを見るのがなんでそんなに大事なわけ？」

「だって、寝てる間に世界が滅亡したりしてないかどうか、とりあえず朝起きたらすぐに確かめたいんだもん」

「……はあ？」

　妻から見た世界は、実にいろんなキョーフに満ちている。普通、人は「今日と同じように明日は来るのか？」なんてことを、いちいち疑ったりしない。今日が過ぎれば自動的に明日は来るもんだし、よほどの突発事態でも起こらないかぎり、日々の生活は大きな変化もなく続いていくのが当たり前だと思っている。もちろん、それについての確証なんて誰にもないんだけど、普通の人はそんなことを突き詰めて考えたりはしないし、そのことを疑って不安になったりもしない。ところが妻の場合。「無事に明日が来ることに百パーセントの確証はない」ってことを、常に明確に意識している。というか、せずにはいられないらしい。まあ、確かにそれは事実なんだけど、そんな風に考えていたら、誰だって不安でいっぱいになってしまう。現実の世の中では、百パーセント確実なことなんて、まず何もありはしないんだから……（だって、そういうもんだろ？）

そのへんを疑いだしたらキリがない。だから僕も含めて世の中一般の人たちは、不安と向き合うかわりに、そういう不確実さには目をつぶることを身につけてきたんだと思う。大した根拠がなくたって、今日の続きには平穏な明日が来るものだと当たり前のように信じ、楽観的な感覚で生きている。けれど妻は、不確実なことをあいまいなままにしておくことがむちゃくちゃに苦手だ。ましてや、根拠もないのに楽観的に物事を考えるなんてことは、不可能に近い。

その結果。

「太陽が明日、東から昇るかどうかさえ確信が持てない」（本人談）ということになる。冗談みたいだけど本当だ。僕らが学生の頃、世界はまだ冷戦時代で、アメリカとソ連が核兵器を抱えてにらみ合いをしていた。当時の妻は毎朝テレビをつけては「まだ世界が最終戦争を始めていないのを確認して、ほっとしてた」のだそうだ。

本人は大まじめだ。頭では、世界規模の核戦争がある朝突然起こる確率なんてかなり低いのはわかっている。それでも、毎朝ニュースを見て自分の目で確かめないことには、どうしても安心することができなかったという。

万事がこの調子だから、当然、妻から見た世の中は不確実で不安なことに満ち満ちたキョーフの世界だ。未来は常に予測不能、まさに一瞬先は闇《やみ》って感じ。

「『一寸』だよ。『一瞬』じゃなくて」

「いちいち指摘しないの！　ま、とにかく、妻は不確実であいまいなことが苦手なんだよね」

「そうみたい。だからニュースを見るのが好きなんじゃない？　世の中の最新情報をつかんでおけば、次に起こる状況を予想しやすくなるでしょ。そしたら、思いがけない出来事に驚いたり不安になったりすることも、少しは減るはずじゃない。

天気予報が大事なのも同じことだよ。晴れて暑くなるとか風が強くなるとか聞いておけば、今日がどんな日になるか想像しやすくなる。気温予想に合わせてどんな服装すればいいかも決められるし、雨の確率を見ておけば、突然降られてびっくりすることも減る。今日これから起こることに、少しでも対処しやすくなるわけ」

なるほど、それでいつもあんなに天気予報に熱中してるのか。確かにあれは、占いなんかと違って、科学的な根拠をもとにした未来予測だ。

「朝の天気予報を見逃したら、突然カッカしだすもんなあ」。ニュースが気象情報を流している時は、うっかり妻に話しかけることもできない。おかげで、こっちは毎朝ずいぶんと気をつかっている。

「だってあれは、夫のために見てるんだもん！　夫はオートバイ通勤だから、暑くないか、寒くないか、雨に降られる確率はどうか、いつもちゃんとチェックしておきたいの。ちょっとでも快適に通勤できるように」

え？

「僕のためって言うんだったら、『話しかけられたせいで、天気予報見そこなったじゃないのっ！』って、僕に怒り散らすのはやめろよ！　腹立つし、朝から気分悪いし、よっぽど迷惑だろ！」

「そう？」。妻は首をかしげる。「それって、おかしい？」

「すっごくおかしい。僕のためを思ってくれるんなら、僕が嫌な気分になるようなことはしちゃダメなの！」

「う〜ん、そうなのかぁ……」

まだ半信半疑の様子。妻の感覚ってやっぱり異星人だと実感するのは、こんな時だ。

「ところでさ、何で朝六時、七時、八時と、ずーっとニュースを見続けてるわけ？　あんなの、同じことの繰り返しだろ。それに僕が仕事から帰った時もやっぱり夜のニュースを見てる。そんなに好きなわけ？」

僕はニュースを見ない。事件や事故や災害の報道なんて楽しくもないことばかりだし、世の中の動きを知ったからって、僕に何ができるってわけでもないからだ。

「確かに繰り返しも多いけど、ニュースって刻々と内容が新しくなっていくでしょ……同じことでもチャンネルによって報道のしかたがずいぶん違うから、見比べないといけないし。それに、別にそんなにニュースばっかり見てるわけじゃないんだよ。朝と、正午と、夕方六時から七時にかけては大体見てるけど、夜十時台のは毎日じゃない」

うわわわ、実はそんなに一日中ニュースばかり見てたのか！　道理で恐ろしいほど情報通なわけだ。

「妻ってさ、他の番組は見ないの？」

「最近かなり努力して見るようにしてる。ワイドショーとか、トークショーとか」

「ワイドショー？」。そういうものに熱中している妻は、ちょっと想像できない。妻が好きなのは、世界の政治や経済、社会に関するやたら堅くて難しいニュースばかりだ。芸能人のゴシップなんて、全然興味ない分野のはず。

「世間話のネタになるような軽い話題を仕入れるためと、あたりさわりなく会話をはずませるやり方を研究するために見てるの。役に立つよ」

そうか、面白いからじゃなくて、研究のためか。

「今までは、ああいう番組って下らないしつまんないと思って全然見なかったんだけど、娯楽番組って視聴者を楽しませるのが目的だから、出演者の会話のやりとりを見てても勉強になるし、ああいう軽い話題を知ってると、主婦とか店員さんとか、普段出会うほとんどの人と無難な会話が成立するから、すごく便利だって気づいたの」

研究、勉強。地球人とたわいない世間話をすることでさえ、妻にとっては努力が必要だ。結婚したての頃、妻の話題は世界情勢とか、やけに難しいことが多くて、僕がスポーツとドラマぐらいにしか興味がないことを内心バカにしてるんだろうか？　とこっそり疑ってみたこともあった。でも、実はそういうわけじゃない。ずっとあとになってわかったことだけれど、妻みたいに高い言語能力を持っている人でさえ、自閉系の人にとって「自然な会話」をするのは、とても難しいことなんだ。

普通、僕らは特に意識しなくても、相手によって話題を選び、場面によって言葉づかいや話し方を使い分ける。これは社会性やコミュニケーション能力と呼ばれるもので、大人になるにつれ、経験から自然と身についてくる。ところが自閉系の人は、こうした能力を自動的に学習する機能がうまく働かない。大人になっても場の雰囲気とか周囲の状況を判断する能力が十分に発達していないから、まるで場をわきまえない子どもみたいな、自己中心的な印象を与えてしまう。

だから、妻のように一方的に自分の興味がある話題をしゃべり続けて、僕がむっとしても気づかない、ということも起こる。自分の言葉に対する相手の反応が読めてないからだ。同じく、相手の話に対してどう反応するべきかってことも、いまいちわかっていない。そのために、見当違いの返事で場をしらけさせたり、相手の気持ちを逆なでしてしまったりして失敗する。

当然、会話はなかなかうまくはずまないし、妻の場合、やたら情報通で何でもよく知っているくせに、真顔でとんちんかんな受け答えをするもんだから、時には悪ふざけと勘違いされてしまう。イマイチ人の表情や雰囲気が読めないので、相手を怒らせてしまっても、自分ではまるで気づかないことさえある。この弱点をカバーするには、意識して「会話のしかた」を学習するしかない。異星人ならではの苦労だ。

妻はおそらく、ずいぶん長い間そうやってひとりで努力してきたんだろう。妻の会話のぎこちなさは、事情を知らなければほとんどわからない程度だ。でもそのせいで、時にはかえって厄介なことも起こる。社会性とかコミュニケーション能力に問題があるようにはとても見えないから、（僕が最初に感じたように）人をバカにしてるとか、嫌味なヤツだと思われ、誤解されることが実に多いんだ。

「やっぱ、誰も信じてくれないんだよね〜。しかもたいてい、悪い方に誤解される」

「それだけなめらかで正確に言葉をしゃべってるんだから、会話する能力に問題があるなんて、とても信じられないのが普通だろうな」。実は僕でさえ、いまだに妻の物言いにカチンとくることがよくある。言うとひどく気にして落ち込むから、本人にはなるべく黙ってるけどね。

「言葉を文法的に正しく使えるとか、語彙《ごい》が豊富だってことと、会話のキャッチボールがうまく成立することって、まったく別のものなんだけどなぁ。会話って言葉以外にも、声の調子とか表情とか身ぶりとか『非言語コミュニケーション』って呼ばれるいろんなものを複雑に組み合わせて使うことで、初めて成り立ってるんだよ。話し言葉の研究にはいろんな分野があるけど、会話の方法とか仕組みについては、まだまだ解明されてないんだから。もっとも、私だって言語学の勉強するまでそんなこと全然知らなかったんだし、わかってもらえないのも無理ないのかなぁ」

だからさ、わかってないのはキミの方なんだよ、妻。何かというとじきに話を難しい方向に持っていっちゃうそのヘンな癖こそ、相手をバカにしてるみたいで感じ悪いんだってば……

今日は何する？

毎朝決まって妻は聞く。「今日はどうする？」

休日に二人で何をしようかっていう相談の時もあるけど、普通はそういう意味じゃない。僕が今日一日、どこへ行って何をするつもりなのかっていう質問だ。ひととおりの予定を聞き出さなければ、気がすまない。

「朝は洗濯して、自分の部屋の片付けとか写真の整理なんかして、店が開く時間になったらちょっと出かけるかな。午後はまだ決めてない。少しバイクのメンテナンスするかもしれないけど」

僕の週末は大体いつもこんな感じなんだけど、結婚十年たった今でも、妻は必ず同じ質問をする。週末だけでなく会社に行く日の朝もよく「今日はどんな予定？」と聞かれるぐらいだ。朝から会議だとか、お客さんが来るとか、出張の報告書を書くとか、何が面白いのかそんなことを聞き出しては満足している。かなりせんさく好きだ。

たまに、「いちいち聞くなよ！」と怒ることもあるけど、即座に「なんで聞いちゃいけないのよ！」と言い返されてしまい、返す言葉が見つからない。妻に関係ないことまでいろいろ聞かれるのは何となく不愉快な気がするってだけで、これといって理由というほどのものはないから、「なぜ」質問をしてはいけないのか？と聞かれても、とっさに答えを思いつかないんだ。しかも、十分に筋の通った説明ができない限り、妻を納得させることは不可能ってもの。

この質問癖、最初はとにかくうっとうしかった。僕は基本的に、家で仕事の話はしない主義だし（家では気持ちを切り替えて楽しみたいからね）、それに、こと細かに自分の行動予定を聞かれるのは、何だか隠し事を疑われているみたいで嫌な感じでもあった。

けれど、妻の本性が自閉系異星人だとわかってからは、これもしかたないことかなと思って、なるべく気にしないようにしている。これからの一日に起こりうるあらゆる出来事について知りたがるのは、不安で不確実な未来に少しでもうまく対処するための、異星人なりの生活の知恵みたいなものだとわかってきたからだ。

ただ、妻は何度も何度も同じ質問を繰り返すことが多くて、これにはさすがの僕もイライラする。

「だから、さっき言っただろ！」

「わかってるけど、もう一度確認したかったんだもん！」。妻には確認癖もある。しかも、質問の内容に問題はなくても、しつこく繰り返すことで相手はうんざりするし、しまいには怒り出すんだってことが、どうもよくわかっていない。

「明日は会社の飲み会だって、先週言っといただろ！」

「ごめん、飲み会のことは聞いた覚えがあるんだけど、日付が全然思い出せなくて……」。妻は異常に数字に弱い。見ても聞いてもまるで数字が覚えられないし、電話番号なんか書き写したらたいていどこか間違っている。二ケタの足し算でさえ、暗算だと危ないので紙に書いてじっくり考えている。機械技術者の僕は典型的な理系人間なので、文字より数字の方がよほど頭に入りやすい。妻のこの徹底した数字オンチぶりは、いまだに衝撃的だ。

「ねえ、私の次の歯医者の予約、いつだったか覚えてない？」

「……知るか！」。妻は自分の予定でさえ、よく忘れている。日にちも時間も要は数字だから、ダメらしい。

ああぁ、イライラする。妻は予定が不確実だと不安になるし、普段と違うことをする時は必ず前々から予告しておかないと不機嫌になってピリピリするし、納得し安心できるまで何度でも予定を確認しないと気がすまない。しかも、実をいうとこういうのはどれも、程度の差はあれ自閉系に共通した特徴で、無理に変えさせることはできないんだ。

ただし、対処のしかた次第でトラブルの発生を少なくすることはできる。我が家の場合、ひらめきや工夫が得意な妻が、自分で改善策をひねり出してくれた。

ある日、妻は何本かのカラーマーカーと、日付の数字の下に書き込みスペースがとってある、大きくて見やすいカレンダーを買ってきた。カレンダーを目につくところに貼《は》り、牛乳パックで器用に小さなペン差しを作って、その横にぶら下げた。ペン差しには、緑のマーカーで「夫の予定」、青のマーカーで「妻の予定」、赤のマーカーで「その他・重要なこと」と書いてある。

つまり、それぞれが自分の予定を、自分の色のマーカーでカレンダーに書き込んでおこう、というアイデアなんだ。実にシンプル。

けれど驚くなかれ、たったこれだけのことで、妻がしつこく同じ質問をする回数は確実に減り、僕のイライラもかなりましになった。妻の歯医者の予定も、僕の飲み会の予定も、リサイクルごみを出す日も、今ではひと目でわかる。普段は自転車生活の妻は、週末のところに、車で連れて行ってほしい店の名前や買い物のリストをポストイットで貼り付けているし、僕の方は、出張の予定を書く時には宿泊先のホテルの名前や帰りの新幹線の時間まで細かく書きこんでおく。これで、しつこく同じことを聞くかわりに、妻はカレンダーを見て、何度でも好きなだけ僕の予定を確認できるってわけ。

さて、今日の話。

「朝に出かけるって、どこへ？」

「さあ。ホームセンターのぞいて、本屋で雑誌でも見てくるかな。一緒に行く？　食料品買いたいんだったら、スーパーに寄ってもいいよ」

「食料品は買いに行くつもりだけど……どうしようかな〜。ホームセンターと本屋かぁ」

「別にまだ、そこに行くって決めたわけじゃないからね」。あくまで未定だってことをしっかり念押ししておかないと、その通りいかなかった時、また予定が変わったと騒ぎ出すからだ。妻の場合、不確実なことに耐えられる度合いはその時々で違い、行き先は同じでも通る道順がいつもと違うってだけでイライラしだすことさえあるので、油断できない。「他のところにするかもしれない。レンタルビデオ屋とか、カメラ屋とか。妻はどっか行きたいところある？」

「う〜ん……」。何てことない質問のつもりだったのに、妻は眉根《まゆね》を寄せて、難しい顔で考え込んでしまった。「ごめん、わかんない」

「何が？」

「どっか、って言われても漠然としすぎててわかんない。頭がフリーズしちゃった」。

フリーズとはパソコン用語で、使っている途中にコンピュータが動かなくなることだ。どのキーをたたいても反応しなくなって、画面が凍りついたみたいになる。たくさんのソフトを同時に動かしたりして、負担をかけすぎた時に起こりやすい。僕は技術者なので、僕に何かをうまく伝えたい時、妻はよくこうやってコンピュータや機械の言葉を使う。「とりあえず、三択ぐらいにしてくれない？」

おいおい、クイズじゃあるまいし。とはいえ、確かに妻は言葉を文字通りに解釈する傾向が強い。異星人にとって、「いつか」「どこか」「何か」といった言葉は意味が広すぎるため、無数の答えが頭に浮かぶらしい。あいまいで不特定すぎてつかみどころがなく、決められなくて混乱して不安になってしまう。

そういえば以前は、「どこかって、どこよ？」と、きつい声で聞き返してくることが多かった。最近では三択にしてくれとか、「何か例を出してよ」と言うことが増えた気がする。答えられずに戸惑ってただイラつくかわりに、質問のしかたを変えてほしい、もっと具体的に聞いてほしいってことを何とかしてうまく伝えようと、妻も自分なりに工夫しているようだ。

「じゃあ、ショッピングセンターか、百円ショップか、ドラッグストアの中で行きたいところはある？」

「ううん、特にない」

「じゃ、予定としてはホームセンターと本屋を回る。もしかしたらカメラ屋も行くかな。一緒に来るならスーパーにも寄るよ。ただし、行く順番は決めてない。妻はどうしたい？」

「わかった。じゃあ行く」

「それなら、九時四十五分には出られるようにしといて」。十時前でも九時半すぎでもなく、具体的な時間を言う方がいい。妻にとって、あいまいで不確実な部分はなるべく少ない方がいいんだ。

「了解」

妻は裏の白い広告チラシでつくったメモ用紙に、今日の予定のリストを書きはじめた。出かける準備だ。ムラのある注意力をカバーし、不確実さを減らすために、妻は常にあらゆることをメモしている。行動予定も買い物リストも一緒くたにして、一枚のメモに書くのが妻流。メールの返事、図書館、にんじん、ねぎ、豆腐、歯磨き……

「あれ、歯磨きも買うの？」。さっき、ドラッグストアには用がないって言わなかったっけ。

「ううん、寝る前の歯磨き」

え？ もしかして、毎日の歯磨きか？

「一日いろんなことをした後だと、寝る前の歯磨きって完全に忘れてたりするから」

「でも妻、三十何年間生きてきて、どうやって毎日の歯磨きを忘れられるんだよ！」

「いやあ〜」。妻はちょっと困った顔になった。「実家ではすごく規則正しい生活してたから、家族と住んでた頃は気がつかなかったんだけどね、大学に入って一人暮らしをはじめてみたら、実はものすごく何でも忘れちゃうってことに気がついてさ、自分でもかなりびっくりしたんだけど、毎朝顔を洗うことから一日三回食事することまで、とにかく信じられないぐらい忘れる。レポートや宿題なんかに没頭してしまうと、注意力のフォーカスがその一点に固定されちゃうらしい。他のことにはまるでピントが合わなくてぼやけた感じで、気がつくと意識からすっぽり抜け落ちてるんだ。だから念のため、何でもとりあえずリストに書いておくわけ」

言われてみれば、妻のリストには、洗濯物取り込み、脱いだ服かたづけ、なんていう項目もある。洗濯したことを忘れて何日もベランダに干しっぱなしにしたり、寝る前にシャワーして着替えたら、脱いだ服のことは忘れてそのまま放りっぱなし、翌朝になるとそのことさえ忘れて別の服を着てる、なんてことも珍しくないらしい（確かに時々、変なとこに服の山があることには気がついてたけどさ……）。

「今でもよくあるんだよね。何かお腹《なか》すいたなー、何でかなーってぼんやり考えてたら、実は十二時間ぐらい食事するの忘れてた、とか」

自閉系には、決まった行動パターンにこだわるという特徴がある。常に同じことを繰り返さなくちゃ気がすまない場合が実に多いんだ。一定のパターンを守って行動している限り、次に何が起こるかの予測もつきやすいから、不確実さが減って不安も少なくてすむんだろう。当然、決まったパターンが乱されると一気に不安が強まって、パニック状態になってしまう人さえいる。

妻にしても、毎朝必ずニュースを見ないとイライラするし、ドライブする道順が普段と違うってだけで激怒したりする。こっちは相手が異星人なんだから仕方がないと思って、ひたすらあきらめている。

ところが、ところが。

どうやら妻は、自分の普段の生活習慣をころっと忘れても平気らしい。

「ちょっとでも普段と違うことがあるとすぐ怒るくせに、何でそんなこと忘れられるんだよ！　全然つじつま合ってないじゃないか！」。異星人の頭の中身って、一体どうなってるんだ？　まったく、理解に苦しむ……

電話でギョッ

電話が鳴った。

妻はビクッとする。自閉系は、予測していない突発的な出来事は何でも苦手だ。結婚したばかりの頃は、電話が鳴るたびに妙にあわてる妻を見るのは何だかおかしかった。でも最近は、僕まで何となくドキッとして、妻と顔を見合わせてしまったりする。何でだろうね？　夫婦は似てくるもんだというから、そのせいかな。

二人とも家にいる時、電話に出るのはほとんど僕と決まっている。ウチに電話してくるのは、何かのセールス以外、僕に用事がある人ばかりだから。妻あての電話はめったにかかってこない。妻を知っている人ならたいがい、妻が電話恐怖症だってことも知っているからだ。

妻が一人で家にいる時、電話の応対はほとんど留守電に任せきりになる。何かに集中している最中に突然電話が鳴っても、「急に頭を会話モードに切り替えられないから」（本人談）というのがその理由。

もっと詳しく聞いてみると、もともと場の雰囲気や相手の気分を察することが苦手なので、人と会話すると考えただけでまず緊張する。それが電話だと、相手が見えない分だけよけいに状況が読めず、不安になるんだそうだ。自分から電話をするのもかなり気は進まないけれど、それでも、事前に心の準備をして、誰にどんなことを話すか考えたうえでかけるから、まだ何とかなる。

ところが、かかってくる電話というのはまったくの不意打ちだ。いつ、誰が、何の目的でかけてくるか予測できないし、その時こちらが何をしていようとおかまいなしに、突如として意識の中に割り込んでくる。だから、電話が鳴っただけでもう、すでにうろたえてしまうんだ。しかも、妻の耳はとても敏感なので、電話独特の微妙な音のひずみに影響されてしまい、相手の声そのものも聞き取りにくいらしい。

「あのね、実は普段から話し言葉ってけっこう苦手なんだ。音声を言語に変換する脳の機能がちょっと弱いんじゃないかな。声がひずんで聞こえたり、周囲に雑音が多かったり、自分が疲れてたりすると明らかに処理能力が落ちて、どんどん話に追いつかなくなっていくんだよね。音声を言語に変換して、意味を拾い出してつなげて、話の内容を把握してっていうプロセスがすごく難しくなる。そうなると、人の声が単なる音のまま耳をすり抜けていっちゃうような感じで、うまくつかめない」

「たとえば、外国語聞いてるみたいに？」

「そうだな～、夫が英語の電話を受けてる時みたいな感じかな？　自分がよく知ってることについての話だったら、調子のいい時はわりと相手の話についていけるし、うまく会話もできてるでしょ。でも、話題が何だかよくわからない時や、自分の調子によっては、全然聞き取れない時もある」

なるほど。僕だって英語の電話は苦手だ。聞きとりにくいし、聞こえたところで意味のわからない単語も多い。まあ、適当に話をあわせていいかげんなあいづちを打つぐらいのことならできるけど、細かい内容まではとてもつかめない。ただ僕の場合、相手も最初からこっちのことを、英語の下手な外国人だと思って話しているから、それで大きなトラブルになることはまずない。

妻の場合、日本語は母国語だ。それなのにうまく聞き取れないことがあると言ったって、理解してもらうのは難しいだろう。事務職員として電話番をしていた頃は、ミスをあまりにも連発したために、その「不真面目《ふまじめ》な勤務態度」に周囲があきれ返ってしまい、かなり悲惨な経験をしたらしい。何たって妻の電話メモには、誰からの電話だったか、誰あての電話だったか、用件は何だったか、といった肝心な点が必ず一つは抜けている。その上、相手先の電話番号を書きとめるとたいがい間違っているとくれば、まともに仕事をやる気がないと思われてもしかたがない。

おかげで今はすっかり苦手意識にこり固まってる妻だけれど、もちろん、電話での受け答えがまったくできないってわけじゃない。この間、珍しいことに僕の上司から電話がかかってきた時、たまたま妻が受けてしまった。さすがの僕もこの時は、妻のことだから、あせって何か失礼なことを口走ったりしなかったかな？　と、内心冷や汗ものだった。でも後で確かめたら、「はい、いつもお世話になっております。少々お待ち下さいませ」って、ごく普通に応対したらしくて、ほっとひと安心。

「だって、事務職員時代にものすごーく苦労して、ああいう決まり文句はぜんぶ覚えたんだもん。無能な事務員でホントに迷惑ばかりかけちゃったけど、あの経験はありがたかった。おかげで今でも、パターン化した基本的な受け答えだけだったら、全自動ですらすら出てくるもんね」

確かにそうらしい。ただし、パターンで覚えているだけだから全然応用はきかなくて、相手が知っている人でも全然知らない人でも、とにかく改まった口調で話す時は常に「いつもお世話になっております」というあいさつ一本で押し通している。そのくせ、まったく機転がきかないってわけでもなくて、時には思いがけないひらめきを発揮することもある。

「今日ね、昼休みの頃に電話がかかってきたから、夫かなと思って出てみたら、浄水器のセールスだったんだ」

「それで、何て言ったの？　まさかまた、黙っていきなりガチャンと切ったりしてないよな？」。妻はパニックで頭が真っ白になると、時々そういうことをやらかす。まあ、セールスの電話ぐらいなら応対がヘンでも別にいいけど、普段からそういう失礼な癖は直しておいた方が安全だ。

「大丈夫、大丈夫。『うちは夫の会社の浄水器をつけてますので』って言っただけだから」

おおっ、それはうまい。

「何にでも使えて便利な手でしょ。夫は毎回いろんな業種で働いてることにされてるよ。新聞の勧誘とか化粧品の訪問販売の時は、親戚《しんせき》が別の会社の代理店をやってるって言うんだ。これだったら、まず反論できない」

「そんなの、どこで覚えたの？」

「テレビの生活情報番組で見た悪徳セールス撃退法を応用したの」

なるほど。

「やっぱり、電話の受け答えぐらいもうちょっと気軽にできるようにならないと、生活に困ると思ってさ、このごろは、練習のつもりでなるべく受けたりかけたりするようにしてる」

ふむむ、実は妻なりに努力してるんだ。

「最近はケータイメールがあるから、放っとくと会話がどんどん少なくなって、よけいに練習不足になっちゃうんだよね」

そう、今はケータイとパソコンの間でEメールをやりとりできるので、妻は通話のかわりにもっぱら友達のケータイとメールでやりとりしている。そもそも、昔は苦手をカバーするためにファクスを使っていた。その後、Eメールが普及するとパソコンを使うようになり、今ではケータイ相手にメールをしている。便利な世の中になったもんだと思う。

僕が用事で家に電話をかけても妻はなかなか電話に出てくれないから、以前は妻に連絡を取るのは大変だった。その点、ケータイメールはパソコンと違って、どこにいても送受信できるから助かる。

「夕方、家に電話するから」とケータイから家のパソコンにメールしておくと、確実に話もできるわけ。

妻も、友達とゆっくり話したい時は最初にメールで都合を聞いてからかけるそうだ。「それだと、今電話したら迷惑かな〜とか、いろいろ気をもまなくてすむからラク」だという。そういうことをいちいち気にしてしまうのも、簡単に電話をかけることができない理由のひとつだったんだ。

ただし妻にはまだ、ケータイでさえカバーしきれない弱点がある。外のざわざわした場所にいると、ケータイが鳴ってもほとんど気づかないことだ。敏感な聴覚が雑踏のあらゆる音を拾ってしまうために、かえって着信音は聞こえにくいらしい。買い物か何かに気を取られている時は注意力がよそに向けられているので、なおさら予期していない音が鳴っても耳には入らないようだ。

今のところ、妻がケータイを使うのは、連絡用に他人のを持たされる時だけなので、妻のこの問題への対策は、必ず呼出音とバイブレータ機能を両方ONにして、さらに片手でケータイをしっかり握りしめている、という単純なもの。想像すると何だか面白い図だけど、本人は真剣そのものなので、笑っちゃいけない。妻は悪意のある笑いとそうでない笑いの区別がつかないから、笑われると怒りだしてしまうことがよくあるんだよ。

ゾンビじゃないんだからさ！

「妻さぁ、出かける時は、もう少し見た目に気をつけなきゃダメだよ」

僕らは一緒に近所のスーパーに出かけて、帰ってきたところだ。

「見た目って？ 服装のこと？ どこかおかしかった？」

「服装もそうだけど、それだけじゃなくて他にもいろいろ。歩き方とか、目つきとか、態度全体がね」

妻は首をかしげる。自分ではなんにも心あたりがないようだ。「それって、今頃言っても遅くない？」

「別に今日だけじゃないんだよ、よくあることなの。怒るから普段はあまり言わないようにしてるんだけどさ、今日は何だかひどかったんだよ」

「確かに、今日はちょっと具合悪いからボーッとしてたけど、それでもなるべく普通にしてたつもりだよ」

「全然、普通じゃなかったよ！　妻は人の目とか意識できないから自覚ないんだろうけど、思い切り目立ってたよ。一緒にいて恥ずかしかったよ」

そう、妻には世間の目っていうものがほとんど感じられない。そこらを歩いている見知らぬ人たちは、妻にとって単なる風景の一部にしか見えないんだ。僕には想像しがたいことだけど、妻はそれを「自分が透明人間みたいな感覚」と説明する。つまり自分からは皆が見えるけど、皆からは自分が見えない感じ。確かに、妻はよくそんなふるまいかたをして、僕をギョッとさせる。

「う〜ん……どこがどう目立ってたの？　もうちょっと具体的に言ってくれないとわかんない」。妻は少し顔をしかめて、真剣に考えこむ。本人には、わざと奇妙なふるまいをして目立とうというつもりはまったくないんだ。むしろ、自分が「ヘン」だとバレることを、神経質なぐらい怖がっている。

「まず、服装はどこがまずかったの？」。妻は自分の服を見おろした。今着ているのは僕の古いTシャツ。何度も洗濯を繰り返したあげく、縮んで着られなくなったやつだ。洗いざらしてくたくたに柔らかくなったその肌ざわりがいいからと、妻がちゃっかり横取りしてしまった。男物だから全体にぶかぶかだし、古ぼけて色もすっかりあせ、首まわりもよれよれに伸びている。普段は部屋着にしているのに、今日は近所に行くだけだからって、そのまま着て出かけてしまったんだ。

　これは僕の性分かもしれないけど、きちんと洗濯された清潔な服だったら、古ぼけてても色あせてても、あまり気にならない。でも部屋着のままで外に出てしまうっていうのは、どうもいただけない。僕自身は、寝間着、部屋着、外出着、車やオートバイをいじる時の作業着はそれぞれきちんと分けていて、一日何度もこまめに服を着替えている。

「そのTシャツも十分マズイけど、さっきはその上に短いジャケット着ていったろ。ジャケットの下からシャツのすそがだらだら出てるのはおかしいよ。せめて、シャツはジーンズの中に入れないと」

「むむむ……」。イマイチ、ぴんときてない様子。ま、確かに重ね着ファッションっていうのはあるけど、妻のは明らかに、単にハズレてるだけだ。上に着ていたジャケットにしても、エリは折れ曲がって一方だけ妙な角度で突き出してたし、ソデもなぜか片側だけまくれ上がっていた。その格好のまま玄関を出かかったんで、僕があわてて直したんだ。服そのものより、こういうだらしない着かたをしたままで、気づきもしないで平気な顔をしてることの方が、僕にはよっぽど気にさわる。

「いくら近所に行くだけだって言っても、頼むからさ、出かける前には必ず鏡の前で一回転する癖つけなよ。全身をちゃんと見て、だらしなくないか確認すること。わかった?」

「わかった」

妻だって一応いいトシをした大人の女性のはずなのに、そんなことまでずけずけ言っちゃうの? と思うかもしれない。でも、自閉系の人はたいてい、こういう指摘を素直に聞く。確かにショックを受けたり、ムッとしたりすることはあるけど、失礼なことを言われた、恥をかかされたという理由で怒ることはまずない。

知能に遅れがない高機能の大人でさえ、自閉系の人は、自分では気づかずに、周囲から見ると明らかにヘンなふるまいをしてしまって失敗することが多い。具体的にどこがおかしいか、どうすればいいかをストレートに教えてもらうことは、むしろありがたいと思うそうだ。

「で? 歩き方は?」

「すごく姿勢が悪かった。背中は丸まってたし、あごは突き出てたし、手足はだらんとして、引きずるような感じ」

「確かにしんどいからちょっと脱力してたけど、なるべく普通に歩いてるつもりだったのになぁ……」

「しかも、スーパーで買い物カゴを取った時、持ち手を片っぽしか腕に通さなかったから、斜めに傾いたカゴをずるずる引きずりながら歩いてたよ」

「そ、そうだったの？　その場で言ってくれればよかったのに！」

「人前で注意しちゃ恥ずかしいかと思ったんだよ」

「カゴ引きずって歩いてたことの方がよっぽど恥ずかしいよ！」。そうだった。妻には人目を気にするっていう感覚はない。

「で、目つきは？」

「焦点が合ってなかった」

「う〜ん……でも、誰だっていつも何か特定のものをじーっと見てるわけじゃないんでしょ？　特に何かを見てない時は、どこに目の焦点合わせればいいの？　漠然と空中を見てるのはダメなの？」

「妻の目つきは視力が悪いせいもあるんだろうけど、焦点の合わない目で何もない空中をぼぉーっと見てるのって、はっきり言って気色悪い」

「ずるずるした服装でだらーんとした姿でカゴ引きずってて目はうつろ。それってまるで……ゾンビじゃん」

「そうだよ！　だから目立ってたんだよ！」

「はぁ〜」。妻はため息をつく。「ちょっと出かけただけなのに、普通にするのって何でこんなに難しいんだろう」

「妻さぁ、近所だからって油断しすぎなんだよきっと。おしゃれして食事に出かけるときなんか、服もきちんとしてるし、歩き方もしゃきっとしてるし、ちゃんとかわいく見えてるよ。外に出るときはいつでも、もうちょっと気合入れたら」

「だって、ドレスアップするときの服って、明らかに普段着とは違うでしょ。パーティドレスにハイヒールなんかじゃ動きにくいし、足も痛い。普段着はラクで着心地がいいのじゃないと、すごく疲れるんだもん」

「だからさ、普段からそんなすごい格好しろって言ってるんじゃないんだよ。ただ、だらしなく見えなければそれでいいの」。信じられないことに、妻のファッションの好み自体は特に奇抜でもヘンでもない。自分に似合う色やデザインを選ぶ目はちゃんとあるし、今どんなスタイルが流行しているかも知っている。

問題なのは、服の組み合わせを考えたり、場面に合った服を選んだりする時、ちゃんと調和がとれているかどうかを的確に判断するバランス感覚が、どうやら妻には欠けているらしいってことだ。部屋着のTシャツのままジーンズをはいて平気で外に出ていっちゃったり、帰宅してもお出かけ着のワンピースのまま、疲れたからってそのままふとんに入って寝てしまうのは、そのへんがズレてるせいだとしか思えない。

「そもそも、おしゃれとラクは両立しないんだよ！　家の中では、見た目無視してひたすらラクな格好しててもいいけど、外に出る時は、多少のガマンは当たり前だろ。おしゃれに見える人はみんな、そうやって努力して、外見に気をつかってるんだから」

「むむむ……そんなもんなんだ」

「そうだよ！　それと妻、さっきスーパーで近所の人がいたのに、挨拶《あいさつ》しなかっただろ。あれも気をつけなきゃダメだよ。向こうにはちゃんと、妻のことが見えてるんだからね」

「近所の人？　いた？」

「いたよ。妻がよそ見してたから、僕が挨拶しといた」

妻はもう一度、大きなため息をついた。「気をつけてはいたんだけど、やっぱりそうか……近所の人に近所で会えば何とかわかるけど、スーパーみたいな別の場所だと、顔の見分けがつかないんだよね。今まで一度も、スーパーで近所の人に会ったことないんだもん」

「い、一度も？　ウソだろ！」。僕らはかれこれ八年ぐらい、同じ場所に住んでいる。

歩いて五分のスーパーで、一度も近所の人に会ってないはずはない。

僕の驚きぶりを見て、妻はすまなそうに言った。「ゴメンね、昔から人の顔って覚えられなくて。どうしても必要な時は写真にとって覚えるようにしてるんだけど、まさか近所の人を全員隠し撮りするわけにもいかないでしょ？」

やれやれ。今度は僕が大きなため息をつく番だった。

「夫の顔も写真にとってやっと覚えたんだけど、実は今でもやっぱり、人ごみでは夫のこと見つけられないことがあるんだよね。見慣れない服を着てる時なんか、特に」

今でもって……結婚してもう十年だよ？

ウソだろ〜！

「ただいま」のスリル

鍵《かぎ》を開けて、ドアを開けて、「ただいま」を言う。ただそれだけのことだけど、玄関に足を踏み入れるのは、僕にとっていつもスリリングな瞬間だ。なぜって？　中で待ちうけているのが果たしてどの妻か、想像がつかないから。

「どの妻」ったって、もちろん僕に妻は一人しかいない。ただし異星人妻っていうのは、かなり日替わりで変化自在な人種なんだ。

「変幻自在だよ、ヘンゲンジザイ。ヘンカジザイじゃないの」

うわわわ、妻。「どうしたの突然出てきて！　びっくりするだろ」

「だって、玄関までお出迎えしに来るとうれしいよって、夫がいつも言うから」

迎えに出てきてくれる日は、少なくとも機嫌は悪くないってことだからね。「うん、お出迎えはうれしいんだよ。でも玄関入ったとたんに言葉の間違いを指摘されるのは、あんまりいい感じじゃない」

「そう？　ごめんね」

今日の帰宅は、まずまず平和。かなりましな方だった。歓迎ムードが最高潮の時は、玄関を開けたとたん、奥からダッシュしてきた妻が目の前に登場する。こんな時の妻は子どもみたいに笑っている。両手をひらひらさせながら、小さくぴょんぴょん跳びはねていることもある。

この動作、僕はてっきり妻が珍しくはしゃいでいるんだと思っていた。でも実はこれ、自閉系の人によく見られる、不安や緊張をやわらげるための動作なんだ。妻はテレビや本でこのことを知って、自分でもやってみたらしい。「これがね、けっこう効くんだよ！　自分がこうやって動くと、周囲がぼやけるでしょ。まわりの目まぐるしさとか重圧感がいくらか遠ざかる気がする。跳ぶとちょっとふわふわして気持ちいいし、安らぐんだ」。そう、これもまた妻なりの、生活の工夫のひとつなんだ。

自閉系の人のこういう「不適切な動作」はなるべく減らすように指導する方がいいという考え方もあるらしい。でも、妻の発想は違う。「こんなちょっとしたことで不安な心をなだめたり、緊張をやわらげたりできるんだったら、活用しない手はないと思わない？　そりゃね、人前ではなるべくヘンな動作はしない方がいいと思う。でもこの程度のことなら、もしやっちゃったところでそんなに周囲に迷惑かけるわけでもないし、別にかまわないじゃない？」

ヨガでは、自分をリラックスさせるために呼吸法を習う。気分をほぐすために、タバコを一服つける人もいる。そう考えれば確かに、ぴょんぴょん跳ねる人がいたっていいわけだ。不安や緊張をほぐすために精神科で処方される、精神安定剤や抗不安薬といった薬物に頼るより、ずっと自然な方法かもしれない。

そういうわけで、妻がぴょんぴょんしてるのは本当に気分が良くて、僕が帰ってきたのが単純にうれしくてたまらないって時だけじゃない。重苦しく暗い気分だからこそ、僕の顔を見てほっと安心したい、何とか気持ちを切り替えて僕を歓迎したいっていう時もあるんだ。まあどっちにしても、玄関まで迎えに出てきてくれるようなムードなら、僕にとっては十分ありがたい。

お次は、いまいちうれしくない帰宅のバージョンだ。ドアを開けても姿は見えない。それでもとりあえず奥から「おかえり！」という声だけは聞こえてくる。こういう時は大体、僕に夕食を出すため、玄関に気配を感じたとたん台所に突進したか、パソコンの前で何かに熱中しているか、そのどちらかだ。

台所の妻をのぞくと、「お腹《なか》すいたでしょ？　すぐ食べられるからね」と言ってくれるし、実際、僕のために大急ぎで準備してくれているのは見ればわかる。パソコンの前にいる時でも、「お疲れさま、今日はどうだった？」なんて一応は声をかけてくれる。こうして言葉だけ聞くと特に不愉快な感じはしないと思うけど、実際にその場にいるとあまりいい気持ちはしない。何となく無視され、邪魔者扱いされてる気がするんだ。

「でも何で？　夫のために早くごはん出してあげようと思って急いでるか、パソコンに集中してるかで、たまたま手が離せないだけなのに？　そりゃ、夫の方に注意が向いてないから多少は上の空だし、熱烈歓迎ってわけでもないけど、おかえりなさいだってちゃんと言ってる。何でそんなに感じ悪いと思うわけ？」

「何でって言われても。ただ何とな〜く嫌な感じなんだよ」

「よくわかんない」

「そうだなー、確かに声はかけてくれるけど、僕のほうを全然見ないでパソコンのスクリーンを見つめたままだったり、台所でも僕に背中を向けたまま、ガスレンジに向かってしゃべってたりするだろ」

「だって、声はどっち向いててもちゃんと聞こえるよ？　取り込み中なのに、何でわざわざ夫の方を向いてしゃべらなくちゃいけないの？」

「普通、人と話す時はちゃんとその人の方を向くもんだから。聞こえるからって、そっぽ向いたままじゃダメなの！」

「そういうもんなの？」。妻は真剣に首をかしげている。三十歳をとっくに過ぎてるってのに、そんなことさえ気づいてなかったのか？　ううっ、信じられん。

こんな風に、「誰でも当たり前に知ってるはずのこと」が、妻の中ではいきなりボコッと抜け落ちていたりすることはよくある。年齢も、頭の回転の早さも関係ない。こういう場面に出くわすと、ああ、自閉系ってやっぱり「発達障害」の一部なんだなと実感する。普通に発達していれば自然と身につくはずの社会的な知識や能力にムラがあって、ところどころに穴があいたようになっているんだ。発達のしかたがアンバランスだったために大人になっても影響が残ってしまい、時々こうして、びっくりするような形でそれが現れてしまうってわけ。

「それに妻、パソコンしてる時はこっちが何か言っても返事もしないし、完全に無視することもあるだろ。ああいうのも感じ悪いよ」

「単に気づいてないんだと思うよ。注意が一点に集中してる時って、完全に頭が別世界に行ってるもん。まわりで何が起こってようが一切気づかないことなんて、よくあるよ」

「妻の事情はそうかもしれないけど、こっちはそんなことわかんないだろ！ いくら話しかけても無視するし、ひどい時は、『今はこれをやってるの！ 見ればわかるでしょ！　邪魔しないでよ！』って、いきなりキレるし」

「だって、自分以外の人は誰でも、場の雰囲気とか状況が読めてるみたいだから、わざわざ説明しなくても、見ればわかるはずだと思って」

「妻の雰囲気ってわかりにくいんだよ。表情とかあまり変化しないし。それに、何かに集中してる時に周囲が見えなくなる人ぐらいなら結構いる。会社にもいるし、それだけならまだいいんだ。でも妻ってさ、自分が集中してる時に邪魔されるとものすごく嫌がるくせに、僕が一人で何かしてると、じきにちょっかい出しにくるだろ？　しかも、相手にしないと怒り出すし。自分のことは棚に上げて、何で僕のことは平気で邪魔するんだよ！　一番腹が立つのは、妻のそういう訳のわかんない態度なの。いくら何でも感じ悪すぎ」

「だって夫はいつも会社だから、家にいる時ぐらい、かまってほしいんだもん！」

は？

それじゃ、僕が家で自分の好きなことに一人で没頭できる時間は、全然ないってことじゃないか！　何わがままなこと言ってるんだよ。妻がやたらと僕になついてるってことはわかるけど、正直言って、そうそうなつかれても困る。
とはいえ、こんな帰宅パターンは、まだましな方。もっともっとがっかりさせられる日もある。

それは「ただいま」と言っても返事さえなく、リビングルームに入ると、妻がガーゼの毛布にくるまって、ぼんやりテレビを見つめているような日だ。表情は硬く、僕が入ってきてもまるで無反応。顔といい全身の雰囲気といい、怒ってるようにしか見えない。

もちろん、夫婦ゲンカの気分をまだ引きずってたりして本当に腹を立てている時もある。ところが妻の場合、こんな態度だから必ず機嫌が悪いのかというと、実は全然違っていたりするからややこしい。

熱があったり、ひどく疲れていたりして体調が悪く、声も出ないほどぐったりしているだけ、なんてのはよくある話で、精神的なダメージやウツ症状の悪化でどーんと落ち込んでいる時や、ひどい不安におそわれて、ほんとに身動きできないぐらいの重圧を心に感じている時も見た目は同じ。ただ怒ってるようにしか見えないんだ。

「ねえ、その怒ってるような顔って、一体どういう顔なの?」。妻はそう言って、大まじめにじーっと鏡をのぞきこむ。

「どういう顔って言われても。ただ怒ってる顔だよ」

「それじゃわかんないよ！　怒るって言ってもいろいろあるでしょ。ピリピリした感じとか、ムカついてる感じとか」

「う〜ん……そうだな、サッケだってる感じ？」

「ん？」

「サッケだって見える」

妻は首をかしげて、ちょっと考えた。

「……もしかして、殺気《さっき》？」

「そう。それ」

僕は根っからの理系人間なので言葉は苦手だ。僕に限らず技術者はみんな似たようなもんだと思う。妻はよく「でも日本人なのに！　何で？」と驚くけど、これは僕をバカにしてるのではなく、本当にびっくりしてるだけ。僕はもう慣れてるからいいけど、他の人には嫌味に聞こえるかもしれないってことに、本人は気づいていない。

「だって、気ってケとも読むじゃないか。ほら、気配とか」

「それはもういいから。それより夫に『何怒ってんの？』って聞かれる時に限って、別に何の表情もしてないつもりの時がほとんどなんだけど、それは何で……？」

「別につもりがなくたって、顔には人の内側にある気持ちが表れるんだよ」

「でも、どうして本人が感じてない気持ちが表れるわけ？ だって、本当に何も考えてないんだよ！ それに、体調が悪くて心細い時とか、落ち込んで自信なくしてる時でも、やっぱり同じように殺気立って見えるんでしょ？ そんなのおかしいよ。何で？」

「知らないよ。妻の顔だろ」

妻が自分でどんなに鏡を見ても、何も考えてない時の顔は、やっぱり何の表情もない顔にしか見えないんだそうだ。

「他人の表情がわからないから、自分の表情がどうなってるかもわからないのかなあ？ ほほえんでるとか、まゆ根にしわを寄せて顔をしかめてるとか、そういうはっきりした表情だったら、もちろん私にも読めるんだけど」

うーん。あの顔でいくら「怒ってないってば！」と否定されてもねぇ、僕にはとても信じられないけど……でも実際、妻には人の表情や雰囲気がわからない。すごくまずいことを言ってしまって、相手がさっと顔色を変え、まわりの人も思わず引いちゃったのに、本人は何も気づかないままで僕は冷汗、なんてことは、これまでも何度もあった。

「私って、表情の微妙な違いが見分けられないから、自分でも使い分けできないんだよ、きっと。だってほら、耳の聞こえない人の発声って、すごく上手な人でもかすかに音が違うじゃない？　あれと同じじゃないのかな。お手本になる音も、自分の出してる音も聞こえない状態で、正しい発声を身につけるのって、相当難しいはずだよ」

そのたとえがどれだけ適切かはわからないけど、妻の言いたいことはわかる気がする。実際、妻の表情ってほんとに変化が少ない。笑ってる時はそれなりにかわいいのに、笑顔じゃない時は、考え事をしてる時も、お腹すいたなと思ってる時も、ニュースを見てる時も、基本的に同じ表情をしてるだけ。その表情がまた、むすっとしてるか怒ってるか、そのどちらかにしか見えない顔とくる。

でもなぁ、怒って見える時って、表情だけじゃないんだけど。言葉づかいもぶっきらぼうだし、話しかけてもろくに返事もしないし、とにかく雰囲気全体が怒ってる感じなんだ。

ん？　待てよ。

妻は表情だけでなく、雰囲気も読めないんだった。とすると、自分が全身から出してるあの怒りの雰囲気を、本当に自覚してないってことなのかも！
そりゃすごい。すごすぎる。やっぱり妻って、かなり異星人なんだ……

我が家は主婦不在

プレゼント懸賞の応募ハガキだろうと、海外旅行で入国審査の時に提出する書類だろうと、職業を書く欄で妻はいつも悩んでいる。

「そんなもん適当でいいだろ、どうして『主婦』じゃダメなの？」

「でも……」

見ていると、ある時は「翻訳業」、またある時は「無職」。ごくまれに「主婦」って書いている。どうして主婦じゃイヤなんだろう。結婚以来、妻はほとんど外で仕事をしていない。翻訳だって、ちょっとした内職みたいなものしかしていない。実質的には専業主婦と変わらないと思うのに、家にいて家事をしているっていうのが、何でそんなに恥ずかしいことなのかわからない。

「だって……、何か違わない？」

「何が？」

「どう考えても私の場合、職業って呼べるほどちゃんと主婦の仕事してないもん」

妻は言葉を文字通りの意味に解釈するし、正確な表現にとてもこだわる。僕にとって主婦っていうのは、結婚していて家事をする女性、という程度のイメージしかないんだけど、妻が引っかかったのは、「職業欄」には文字通り、その人がついている職業を書くべきだと思ってしまったかららしい。

「主婦って書くからには、主婦業をきちんとこなしてないといけないと思う」

それって、考えすぎじゃないか？

「じゃ、妻の考える主婦って、何？」

「まずは掃除、洗濯、料理なんかの家事全般の担当者。加えて、家の設備や家電品をちゃんと手入れして使える状態にしておくことや、家の簡単な補修や手入れ、インテリアコーディネートの担当。家族の健康管理も、食料品や家の備品の調達も仕事のうちだし、親戚《しんせき》やご近所との社交もこなさなくちゃいけない。家計管理の責任者でもある。そのうえ、子どもがいれば育児や教育、親同士の付き合いもあるし……」

「おおっ、それって理想かも」

「程度の差はあれ、主婦なら誰でもこのぐらいこなしてるよ。主婦業ってものすごく幅広い分野をカバーするマルチな仕事なんだから。そのうえ、普通は年中無休の二十四時間勤務だし」

う〜ん、言われてみればそうかもしれないけど……、そんな風に考えたことはなかったな。僕がイメージしていたのは、自分みたいに早朝から夜遅くまで会社にいなくてもよく、主な仕事は家の中ですませればよく、好きなときにテレビも見られる、いわゆる「三食昼寝つき」っていうやつだ。

「悪かったね！　確かに私の主婦仕事はその程度だよ。料理以外の家事はどれもあんまりきちんとやれてないし、数字の扱いが苦手だから家計管理は夫に頼んで全面的に担当してもらってるし、人付き合いには難がありすぎてほとんど避けて通ってるし、子どももいないしね。その上、疲れやすいから、ひとしきり用事したらちょくちょく横になって休んでる始末だし」

「じゃ、妻が『無職』って書くのは……」

「こんなので主婦を職業にしてるとはとても言えないから。世の主婦に失礼ってもんでしょ」

なるほど、そうだったんだ。

僕が想像していた理由とはまるで違う。家にいて家事をしてることが恥ずかしいわけじゃなく、主婦業をすごくまじめに考えてるってことだったのか。自分にはやりこなせない仕事を日々当たり前のようにやっている主婦に、本気で敬意を払ってたんだ。妻は物事をあいまいなままにすることが苦手だ。きちんと主婦の仕事がやれてないなら、主婦じゃない。白か黒か、どっちかしかない。そういう意味では、確かに我が家は主婦不在かもしれない。

それにしても。

そういえば前にもあったな、この手の誤解。確かに僕の勝手な思い違いではあるんだけど、妻ってなぜかこういう、微妙に引っかかる言動をすることがよくあるんだ。う〜ん、微妙すぎてうまく説明するのは難しいんだけど……そう、何となく横柄《おうへい》な態度に見えたり、どこか人を見下したものの言い方に思えたりして、一瞬カチンとくるようなこと。

でもじっくり話を聞いてみれば、ほとんどの場合、そこには何の悪意もなくて、妻なりの、筋の通った理由があるだけだ。何となく嫌味を含んでいるように聞こえた言葉も、本当に文字通りの意味でしか使われてない。人をバカにしてるんじゃないか、皮肉ってるんじゃないかといったこっちの勘ぐりがまるで的外れだったとわかって、何だか肩すかしを食ったような気になる。

たとえばこんなことがあった。結婚してまだ間もない頃の話。独身時代は二人とも仕事を持って一人暮らしをしていたのに、結婚して僕の住む土地に引っ越してきたので、妻には仕事がなくなった。そのことが本人にはずいぶんこたえたらしい。妻は口ぐせのように、僕の収入に頼って生活するのは落ち着かないから仕事がしたいと言うようになった。こっちとしては、あまりいい気持ちはしない。何だよ、お金には決して不自由させてないはずだろ？　僕の収入じゃ不満だって言いたいのか？　でもまあ、妻も急に毎日家にいるだけの生活になったんだし、多少のグチは仕方ないか。僕はとりあえずガマンして聞いていた。

もちろん、妻は仕事を探した。でもあいにく、僕らの新居は静かな地方都市。もともとそんなに仕事の口はないし、車の運転のできない妻には、神戸にいた頃のように電車やバスで自由に動き回ることもできない。ここでは求人広告に「要普免」どころか「自力で通勤できる方」という条件がついてることも珍しくない。近くに職場が見つからないので、妻は人材派遣会社に登録しようとしたのだけれど、そこでも、派遣先に運転して行けないのでは仕事の紹介はできないと言われてしまった。

自分にできる仕事が見つからない、という話をくどくど繰り返す妻にだんだんうんざりしてきた僕は、「とりあえず外に出て働きたいんだったら、別に何でもいいじゃないか。自転車で通える近所のスーパーかコンビニで、パートでもやったら？」と言ってみた。少なくとも気分転換にはなるし、新しい土地で知り合いだってできるだろうと思ったんだ。ところが妻は即座に、自分にはレジ係みたいな店員の仕事はできない、と答えた。

僕はムカッときた。レジ係のどこが悪いんだよ！　そういう誰でもできる、時給の安いつまらない仕事なんか、自分にはふさわしくないからできないって言いたいのか？　大卒で留学帰りでちょっと英語なんかできるからって、何ゴーマンなこと言ってるんだよ！　僕は今度こそ妻の態度に頭にきた。たちまち口ゲンカになった。

ところが、ところが。妻が言いたかったのは本当に、言葉どおりの意味でしかなかったんだ。つまり、自分には店員の仕事をする能力が欠けていて、単純そうに見えるレジ係でさえ手に余るんだってこと。それだけだ。

「何よ！　店員の仕事なんか簡単だと思って、バカにしてんのはそっちでしょうが！　何が『誰でもできる仕事』よ！」

妻は真剣そのものだった。「どんなにがんばっても、私にはできなかったんだから！　正社員として二年近く売り場で働いて、自分なりに必死で努力したし考えつく限りの工夫もしたけど、まるで使い物になんかならなかったわよ！」。お客からは態度が横柄だ、対応が遅いと苦情が殺到し、レジを打てばお金があわず始末書の嵐《あらし》。周囲にひたすら迷惑をかけまくった苦い過去があるんだという。

でもこのケンカをした当時の僕には、どうしてもその様子が想像できなかった。何でもよく知っていて決して頭も悪くない妻が、店員の仕事を当たり前にこなせなかったって？　怒りまくる妻は迫力満点だったから、実際に大変な思いをしたんだということは信じて疑わなかったものの、ちょっと大げさに言ってるんじゃないか、ぐらいに思っていた。

けれど、もちろん妻の言葉はいつも文字どおりの意味だ。しかも、仕事や責任ということについては、バカみたいに生まじめで、融通がきかないとくる。店員やレジ係のパートが「自分にはできない」と言ったのも、単に過去の失敗で恥をかいたってだけの理由じゃなかった。たとえパートでも、きちんと仕事をこなせない人間がいるとどれだけ職場に迷惑がかかるか身をもって知ったので、そこまで考えた上でやりたがらなかったんだ。

「ただのパートにそんなに期待する人なんていないよ。もっと気楽に考えて、とりあえずやってみれば」。僕はそう言ってみたけれど、妻にしてみればそんな考えは甘すぎたらしい。

「簡単に言わないでよ！　私が自転車通勤できる近くのスーパーやコンビニなんて、ほとんどないじゃない。もしそこで仕事に失敗して、気まずいやめ方したらどーすんのよ！　あとあと買い物に行きにくくなっちゃうでしょ！」

なるほど、そういう問題もあったか。

ついでに言うと、結婚してから、僕の収入に頼って生活するのが落ち着かないって妻がしきりに言ってたのも、実はこっちが勘ぐってたような、僕の給料が十分じゃないとか、金銭的に不満があるといったことをほのめかす意味はまるでなかった。社会人になってからずっと、妻は仕事で散々苦労しながらも、自分の給料だけで自活していたので、働いて収入を得るのがどんなに大変なことか身にしみて知っていた。だからこそ、結婚したとたん生活費を稼ぐのが全部僕の役目になってしまったことがとても不公平に思えて、何とも落ち着かない気持ちになったんだ。

「そんなに気にしなくていいんだよ。結婚したんだから、僕の収入は二人のものだと思っていいの」

「夫が働いて稼いだお金は、夫のものだよ。妻の生活費負担してくれて、面倒みてくれてるのは、夫がいい人だからなの」

「世の中には働いてない奥さんだってたくさんいるだろ。でも、そんなことぜんぜん気にしない人だってたくさんいるよ」

「だから？」

妻はきょとんとしている。皮肉な返事をしたつもりじゃないんだ。世の中一般がどうだろうと、異星人妻にしてみれば、自分には何の関係もないってことらしい。この件については結婚十年たった今も、僕らの意見はわかれたままだ。

ところで、なぜ妻は店員の仕事がこなせなかったんだろう。診断がついた今になってみると、自閉系の特徴がかなり妻の足を引っぱっていたことがわかる。音や光に敏感すぎるから、店の明るい照明や店内に流れる音楽で神経をすり減らしてしまうし、注意が散漫になる。予測できないことに対処するのが苦手なうえ、人の態度や雰囲気を読むこともできないから、お客のいろいろな要求にうまく対応して、その場をしのぐことができない。レジの操作はマニュアル通りにやればできるけど、数字が極端に苦手だから、肝心のお金の受け渡しを正確にするのは難しいだろう。

おまけに、妻はあんまり表情豊かなほうじゃない。ただ単に緊張しているとか、疲れているだけでも、ぶすっとした態度でふてくされてるようにしか見えなかったに違いない。

「それにね、私って同時進行で複数のことをこなすのが何より苦手だって気づいたんだ。一つずつならできることでも、並行していろいろな用事をこなそうとするとたちまちすごく混乱して、頭がパニックになる。あせるばかりで、優先順位をつけるとか、時間配分を決めるとか、そういう段取りを冷静に考える余裕がどこかにぶっ飛んじゃうんだよね。でも、お店って商品棚の整理や在庫チェックをしながらお客の相手をして、レジを打って、合間に伝票整理とかあって、とにかく常に複数の仕事を並行してする職場なんだよね」

え？

でもそれは別に、店の仕事に限ったことじゃないだろう。どんな職場でも同じこと、技術者の仕事だってそうだ。複数の仕事を抱えているところに予定外の用事もどんどん入ってくる。じっくり図面を読もうとしていたら後輩が仕事の相談にくる、急いで報告書を書きたいのに会議に出なくちゃいけない、早く帰ろうと思って手際《てぎわ》よく仕事をかたづけたのに、終業間際に緊急連絡が入る、などなど。それでいちいちパニックを起こしてたんじゃ、どんな職場でもやっていけないんじゃないの？

「実は……お店であまりにも悲惨な仕事ぶりだったから、その後事務室に回されたんだけど、やっぱりダメだったんだ。事務の仕事って、お茶くみにコピー取りにワープロ仕事に電話番の同時進行でしょ。私って注意力のフォーカスをうまく加減できないから、目の前の仕事にピントをあわせたら周囲がぜんぶぼやけるし、職場全体にピントをあわせたら目の前のことが見えなくなって、もう最悪。史上最低の事務員だった。お店の仕事で心身ともに消耗しきった直後だったことも、原因のひとつだとは思うけどさ。せっかく少し余裕のある職場に移してもらったのに、新規まき直しってわけにはいかなかったんだよね。職場の人たちにはすごく申し訳なかったけど」

やっぱり、他の職種でもコケてたのか。異星人妻ってつくづく組織で働くには不向きらしい。翻訳の内職みたいに、一人でマイペースでできる仕事だったら、ちゃんと実力を出せてるのになぁ。

「しかも、その職場にはものすごく有能な先輩がいてね。もう事務職の神様って感じで、絶妙のタイミングでさっとお茶は出てくるし、ワープロ打ちながら肩に受話器はさんで、てきぱき電話の応対してるし、それでいて仕上げた文書には変換ミスなんかどこにもない。どんなにバタバタした日でも、会議の時間までには資料が人数分コピーされてホッチキスどめされて、びしっと用意できてる。あまりにも感動的な仕事ぶりで、本当に尊敬してたんだけど……」

「だけど、何？」

「向こうからすれば、何で私がめちゃくちゃ無能なんだか全然理解できないから、自分へのあてつけでわざと失敗ばかりしてるんじゃないかって疑ったり、自分の指導のしかたが悪いからナメられてるんじゃないかって悩んだり、大変だったみたいで……ひたすら嫌がられてた」

やれやれ、その先輩に同情するよ。異星人の言葉はあまりにも単純に文字通りの意味しかないので、かえって何か裏があるように聞こえるんだ（普通、人が言葉を使う時は、いろいろ微妙な意味や感情をこめるのが当たり前だからね）。それに、まじめすぎる態度で大ボケなミスを連発されれば、何か隠された意図でもあるのかと疑いたくもなるだろう。本当のところは、いいかげんにごまかすとか、ふざけたふりをして切り抜けるといった、高度に地球人的な芸当なんて、妻にはとてもできなかったってだけのことなんだろうけど、ね。

「でもまあ、妻がレジ係やお茶くみの仕事を決してバカにしてるわけじゃないってことはわかったよ」

「あのね、私から見れば、世の中の仕事はどれもみんな大事だし、なくてはならないものなの。レジ係だって新聞配達だって技術者だって医者だって、いないと困る。そういう意味ではどんな仕事も大切な仕事に変わりないでしょ。給料や地位なんて関係ないの」

「はあ……」。確かに妻には、人の価値を社会的な地位や収入で判断するような発想はない。でも逆に言うと、そこがまさに自閉系の特徴でもある。社会のしくみや、その中で生きる人々の立場の違いといったことを十分理解できてない。つまり、「社会性」に欠けてるんだ。地球人が普通に持っている常識、例えば「医者は社会的地位が高くて尊敬される職業だ」といった、世の中では当然と思われていることも、妻にはぜんぜん実感できない。ここだけの話、妻はかなり気をつけていても、医者に行くとつい友達口調で話をしそうになってることがよくあるんだよ。

「そりゃ、私は社会オンチかもしれないけど」。妻はため息をついた。「だけどやっぱり、『誰でもできる仕事』なんてないんだよ。少なくとも私には、誰でもできるはずの仕事ができないんだからさ。同じように、つまらない仕事やどうでもいい仕事なんてものも、本当はないと思うんだ」

僕は疑わしい思いで妻をながめた。でも、妻は確信に満ちている。

「だって、例えば工場のこと考えてみてよ。夫たち開発技術者が作った最新の高価な機械だって、実際に工場で動かすには、メンテナンスする人や操作する人がちゃんとそれぞれの仕事をしてくれなくちゃ、まともに動き続けてくれないでしょ。それにほとんどの工業製品は全部が機械で作れるわけじゃなく、手作業の工程だってある。単純な作業のひとつひとつだって、まじめにきちんと仕事をしてくれる工員さんたちがいなくちゃ、まともな製品なんて作れないはずだよ。生産ラインに一人でもいいかげんな仕事するヤツがかかわってたら、不良品が増えるでしょ」

う〜ん……ま、少なくともそのたとえは良くわかったよ。

妻が妻になった理由

「ねえ、妻はどうして妻になったの？」

僕らはふとんに入って、そろそろ寝ようかというところ。妻にはなぜか、僕がまさに寝ようとしてる時に限って話をしたがる、困ったクセがある。

「それ、もう何回も話したろ」

「そう言わずに。サービスしてよ、ねっ」

しかたないなあ、もう。「昔むかし、川のそばで夫がオートバイの整備をしていると、橋の下に何か落ちていました。『おおっ？　何だこれは。何か、かわいいものが落ちているぞ。ためしに拾ってみよう』。ここで、僕がガーゼの毛布にくるまった妻を持ち上げるまねをすると、妻は毎回大喜びで笑い出す。「『おお？　何だかすっかりなついてるぞ。よし、持って帰って妻にしてみよう』そうして夫は妻に予備のヘルメットをかぶせ、オートバイの後ろに乗せて、家に連れて帰りました。おわり」

妻は毛布ごと僕の腕の中にすっぽりおさまって、ご機嫌でクスクス笑っている。何が面白いんだか、このバカ話が大好きなんだ。本人によると、言葉を文字通りにそのまま頭の中でイメージするので、まるでマンガを見るように楽しいんだって。

「満足した？」

「した！　でも、もう一つのお話もして」

え〜、まだやるの？「もう一つのお話って、何」

「本当の話。夫が初めて妻に会って、妻のことを妻にするまでの話」

「それは自分でも覚えてるだろ、二人で出会って、結婚したんだから」

「でも、どうして夫は妻のこと、妻にしようと決めたの？　最初からひと目で気に入ったわけじゃなかったんでしょ？　初めて妻を見たときどう思ったの？」

「その話も、もう何回もしたよ」

「でもでもぉ〜」

妻は精一杯のかわいい顔をして、にっこりしてみせる。期待に満ちた目。やれやれ、今夜もなかなか寝られそうにない。

妻の第一印象は、きりっとした意志の強そうな顔立ちと、あまり愛想のない感じ。

不思議な存在感があって、小柄だってことには全然気づかなかった（僕は身長百八十センチ。妻は百五十五センチしかない）。

「私、態度がデカいから小さく見えないんだよね、きっと」

「そうだよ」。実際、妻に会った人はみんな、もっと背が大きく見えるって言う。

初めて会った日、僕らは神戸の海岸を散歩して、海ぞいの店でコーヒーを飲んだ。妻はコーヒーをブラックで飲み、それが実にクールな感じだったのを覚えている。うす曇りの午後だった。雲のすき間から光の柱がすーっとのびていて、海の上をスポットライトのように照らしている。その光の輪の中を小さなヨットが横切っていくのを見て、妻はふと「ああいう景色を写真に撮りたい」と言った。

たまたま、僕もカメラが趣味だった。話してみれば二人とも、写真を撮りはじめたのはまだ小学生の頃。当時はデジカメどころかオートフォーカスのカメラもまだない時代、ピントも露出も手動で、操作もそれなりに難しかったから、子どもの頃からカメラを持っているのは、けっこう珍しいことだったんだ。

妻は、ポーズしていない自然な姿の人物や、夕焼け空や海のように刻々と移り変わる自然の一瞬をとらえるのが好きだという。僕は電車マニアだったので、最初は電車が撮りたくてカメラを始めたけれど、今では雄大な山々のパノラマや、野生の草花のクローズアップを撮るのも気に入っている。

話題はカメラから僕の趣味のスポーツのことに移り、ほかにもいろいろなことへと広がったけれど、驚いたことに、妻はどの話題についてもかなりの知識を持っていて、平気で話についてきた。カメラレンズのF値（明るさをあらわす数値）について話が通じる女性なんて初めてだった。僕がモトクロスをやっているという話をすると、それってテレビで見たことある、と言い、世界的な選手の名前をすらすらと何人かあげた。

最近の僕は人間の力で競うスポーツの方に興味を持ちだして、自転車のロードレースや市民マラソンにちょくちょく出ていること、そのうちトライアスロンにも挑戦しようと思っているんだということを話しても、特に驚いた様子もなかった。でも本当にびっくりしたのは、妻が自転車の有名なロードレースのことも、トライアスロン競技が何かも知っていたからじゃない。

「それは、どういうところが面白いの？」。妻は即座にそう反応したんだ。普通の人ならまず、「何それ？　何でわざわざ、そんなに疲れることとするの？」とあきれるか、「よっぽど運動が好きなんだねー」とけげんそうな顔をするか、どっちかなんだ。興味のない人は、わざわざ何が楽しいのかなんて知りたがらない。でも妻は違った。マシンでなく人間の体を使って限界に挑戦するスポーツの面白さや、自己ベスト記録に挑戦する楽しさ、レース前の調整やトレーニングがうまくいくと、自分でもびっくりするぐらいパワーが出て実に爽快《そうかい》な気分になる、といった話を、あきもせずに聞いてくれた。

それも、興味のあるふりをして適当に調子をあわせていたわけじゃない。何の話でも、自分の知っていることをもとにして、いろいろ質問をはさみながらしっかり聞いてくれるし、本当に楽しそうなんだ。これまで会ったことのないタイプの人だったので不思議な気がして、僕はわけを聞いてみた。すると、自分の知らない世界の話を聞くのはとても興味深いし、大好きだから、という答えが返ってきた。

「だって、自分にとっては別に関心ないことでも、それを好きな人にとってはすごく魅力があるわけでしょ。その理由を教えてもらえば、どういうところが、どんな風に面白いのかわかって、ああ、なるほどな〜って思う。自分の知らなかった別の世界を見るのって、楽しいじゃない？」

「それって……退屈しないの？」

「全然。何で？」

何でって……僕自身は、自分に関心のないことには最初から見向きもしないタイプだから。妻のように、好奇心をありとあらゆる方向に発揮する人に出会ったのは初めてだった。

僕の関心はもっぱら機械類や、ものが動く仕組みに向けられている。そのかわり、そういうものなら何にでも熱心に興味を持つ。自分でも典型的な理系人間だと思う。設計図から情報を読み取るのは得意だけれど、文章を読んで理解するのは苦手。電化製品を買ったら、マニュアルは無視して、適当にあちこちいじくって操作を覚えるほうだ。

一方、妻はまさに文系そのもの。本が大好きで、ジャンルを問わずいつでも何か読んでいる。本人によると、妻の雑学知識がとんでもなく幅広いのは、本を読むこととニュースを見る習慣のせいだというけれど、僕にはなぜそれだけの膨大なデータを頭の中にしまっておけて、必要なときにパッと取り出せるのか想像もできない。そのくせ、数字に関してはまるでダメで、電話番号ひとつ覚えられないし、機械モノの操作もかなり苦手。だから電化製品を買ったら、まず丁寧にじっくりマニュアルを読み、読解力を頼りに使い方を覚えるんだ。

まったく、僕らは見事に正反対。

「じゃあ、夫が妻のこと妻にしようと思ったのは、二人ともぜんぜん違うタイプなのに、夫がどんな話をしても妻が平気でついてくるってことが決め手だったの？」

「違うよ」

「ええ〜っ！　違うの？」

「なんでそこまで驚くんだよ。この話、前にもしただろ」

「でもでも、その時は、妻が雑学と好奇心のカタマリだから何でも話が通じるってことだと」

「違うよ」。妻って一度でも耳にした言葉は不気味なぐらいよく覚えてるくせに、肝心の話の内容については、イマイチ正しくつかんでいないことがある。時には聞いた話をまるっきり勘違いして覚えていることさえあるんだ。「言語能力が高いけどコミュニケーション能力に問題がある」っていう妻の弱点を実感するのは、まさにこんな時。本人によると、話し言葉を耳で理解するのは苦手なので、断片的な記憶は残っても、文字で読んだ時のように、全体がしっかり頭に入るってわけにはいかないんだという。

「じゃあ、妻はどうして妻になったの？　本当の決め手は何だったの？」

……しつこい。だから前にも言ったんだってば。

しかし妻のナゼナゼ攻撃は、はじまったが最後、答えを引きずり出すまで決して止まらない。相手がうんざりしようがイライラしようがお構いなし。気がついてないのか、気にしてないのか、そのへんはよくわからないけど、とにかく、うるさがって相手にしないでいると無視されたと思って怒りだし、さらにしつこさがパワーアップして、どこまでも追及してくる（それでも放っておくと、しまいには大爆発する）。相手にしないっていう態度自体が「もうやめてくれ」っていうサインだってことは、何事も言葉で伝えないとわからない異星人妻の理解を越えているらしい。僕はため息をついた。

「何でも話ができる相手だからっていうのは、確かにその通りだよ。だけど、それは妻がどんな話題にでもついてこられるからじゃない。それも妻のいいところだけど、決め手になったのは、あの時妻が言ってた『私って、見たとおりの人なの。表向きだけうまくとりつくろうことができないんだ。まるで在庫をぜんぶ棚に出してあるお店みたい。あらゆるものが、見えるように並べてあるの』っていう言葉が、いいなあと思ったからなんだ。話してみても本当に裏表がなくて、何でも自分のことを正直に話してくれたから、こんな人とだったら、これから人生でどんなことがあっても、話し合って一緒にやっていけるだろうと思ったんだよ」

「私……そんなこと言ったんだ」

おいおい。「自分で覚えてないの？」

「いっ、いやその、だいたいそんな意味のことを言ったのは覚えてるし、言いたかったことは今も変わらないんだけど」

妻は書き言葉で表現するのは得意だけど、自分がしゃべったことは、あんまり正確に覚えていないことが多い。どうやら話し言葉は自分のでさえ、記憶に残りにくいらしい。

「だけど、妻は夫の期待したような妻じゃなかったでしょ？　結婚したらケンカばっかりだったし、いろいろ病気になったり、迷惑いっぱいかけたよね」

「正直でありのままなのは、本当だったよ。だけど妻ってあまりにも自分を全部見せちゃうから、できれば見たくなかったような嫌な面まで見せつけられて、かなり辛《つら》かったことはある」

「それにすぐ怒るし、細かい言葉の意味にものすごくこだわるし、人の言い間違いをいちいち直す悪い癖もあるし……夫、がっかりした？」

「後悔、先に立たず」

「……あのねえ、いつもことわざ間違えてばかりいるのに、何でそれだけは毎回正確なの？」

「実感してるから」

妻は真剣に僕の顔をのぞきこむ。どこまで本気で後悔してるのかが読めなくて、困ってるようだ。何度同じことを言っても、毎回同じように不安な顔をする。異星人妻には、この前のがタダの冗談だったから、今回もそうだろうという発想はない。世界は不安定なもので、物事は常に変化するからだ。

「冗談だよ、気にしなくていいの」

妻はやっとほっとした顔になり、両腕を広げて僕をぎゅっと抱きしめた。

「妻って、本当によくなついてるよね」

結婚してからも、最初のうちは僕との距離のとり方にとまどっていたのに、なつくと決めたとたんにこのとおり、もう僕にべったりだ。それも実に猫系のなつきかた。自分がかわいがってほしい時だけ熱心にすりよってくるくせに、そうでない時は知らん顔だもんね。

「だって、夫のこと大好きなんだもーん。妻っていろいろ大変な人なのに、いつも大事にしてくれてありがとね。感謝してるよ」

何でも言葉で表現する妻も悪くないなと思うのは、こんな時だ。結婚十年たっても、毎日のように「大好き」「ありがとう」なんて言葉を言ってくれる。他にも、「夫ってほんとにかっこいい」とか「とってもハンサム」とか（どこがそうなのかはよくわからないけど）。とにかく、僕をいつもほめてくれる。

これが妻なりの努力のあらわれだと気づいたのは、最近だ。コミュニケーション能力の不足をおぎなうために、伝えたい気持ちは惜しみなく言葉にするし、ほめ言葉も思いついたらすぐ口にするようにしてる。妻は確かにすぐ怒るし、自分の発言で相手がどんな気持ちになるかがいまいち理解できないので、まずいことを言って人を怒らせることも多い。僕だっていまだによくムカついたり、うんざりすることがある。それでも、妻は決して意地の悪い性格ってわけじゃないんだよ。たとえば、腹を立てた誰かに悪口を言われたり、いじめられたりしても、妻は決して相手を非難したり、恨んだりしない。相手の反応がちょっとひどすぎるような時でさえ、他人のせいにはしない。原因を作ったのは自分なんだから、きっとすべて自分の責任なんだと思いこみ、ひたすら落ちこむか、不安でいっぱいになってパニックになってしまうだけだ。

それに、妻は自分の言動がズレてるために、人とうまくやっていくのが難しいことをよく知っている。だから言葉だけでなく、なるべく人への思いやりを実際の行動で示そうとして、いつも妻なりに努力しているんだ。僕が仕事で疲れすぎて寝つけない時は、得意のツボ押しをして緊張をほぐしてくれるし、きついスケジュールで出張に行く時は、「おなぐさめだよ」と言って、こっそり荷物に小さなおやつを入れておいてくれる。僕は大の甘党なので、疲れた時の元気回復用ってわけ。

僕が特にいいなと思うのは、最初の子どもを産んでから初めての母の日を迎える女友達（男の友人の奥さんのこともある）に、小さな花束をプレゼントすること。そんなこと、普通はまず思いつかないだろう。妻ならではのアイデアだ。

「だって、赤ちゃんって最初の半年ぐらいが一番きついんだよ。新米のお母さんはまだ育児に慣れてないし、生まれてしばらくは三時間おきに授乳だから、寝不足でふらふらになるし、本当に大変なんだから。何年かしたら、子どもから母の日を祝ってもらえるけど、最初の一回目は誰かが『よくがんばったね、お母さん』って言ってあげたいと思うんだ」

それだけじゃない。妻は、僕の独身時代からの友人連中にも親切だ。「結婚したらすっかり付き合いの悪いヤツになったなんて、言われちゃダメ！」と言い、男同士で遊びに行っても気にしない。いまだ独身の連中には、バレンタインやクリスマスになると、忘れずに小さなプレゼントを用意してくれる。僕の友達はほとんどが技術屋だから、ゲームおたくや鉄道おたくが多いんだけど、妻はそんなことはちっとも気にせず、それぞれの趣味にあわせて、どこからかちょっとした面白グッズを見つけてきてくれる。

こういうのって確かに風変わりだし、相手によっては変に思われるかもしれない。妻にすれば善意のつもりでも、空回りに終わることもある。それでも妻は妻なりに、他の誰にもまねできないやり方で人を思いやり、何とかうまく人と関わろうとして、自分なりの工夫をこらしてるんだ。

こうした妻のユニークな気くばりは、何となく機嫌悪そうに見えるいつもの顔つきや、何かと人の神経にさわるふだんの態度とは大違い。まるで想像もつかない一面だ。でも、こういうケゲなところがあるからこそ、異星人妻も本当は優しくてかわいい心を持ってるんだってことがわかる。妻のことでは正直、がっかりしたり腹が立ったり、困らされたりすることも多いけど、それでも僕らの結婚生活がいまだに持ちこたえてるのは、こんなささいなことの積み重ねも理由の一部なんだと思う。


「ねえ、夫？」

「ダメ、今日のおしゃべりはもう終わり。もう遅いから、寝よ」

「わかった」。あれ、珍しくあっさり納得したぞ。いつもはなかなか僕を解放してくれなくて、しまいには怒られるのに。「でも夫、大好きだからね」

「いいからもう黙るの！　おやすみ！」

「おやすみなさい」

僕らの結婚から、診断までのこと

僕らの日常生活の話はちょっとひと休みして、ここでは、僕らが結婚してから、妻が診断をうけるまでの話をしよう。

(1)とんでもなかった新婚生活

結婚して一緒に住むようになると、じきに僕は妻の奇抜な言動に首をひねることが多くなった。それはもう、一風変わってるとかちょっと個性が強いなんてレベルをはるかに超えていて、まさしくヨソの国かヨソの星から来たとしか思えないぐらい異質な感覚なんだ。例えば、彼女は人間語の会話をすべて文字通りにとってしまう傾向が強いうえに、なぜか微妙に個人的な決めつけの入った受け取り方をしてしまう。

一緒に出かける時、準備をしている妻に「あとどのぐらい?」と聞いたとすると、よく「五分ぐらい」という返事が返ってくる。この場合、妻は「ぐらい」という言葉で、「ぴったり五分じゃない」ことを正確に伝えたつもりでいる（実際にはたいてい、三十分ほどかかる）。

けれど、二人でドライブしていて、僕が「ちょっと寄り道していってもいい？　すぐすむから」と聞いたとする。妻の返事はたいがい「いいよ」だ。なのに、しばらくするとだんだん機嫌が悪くなってきて、結局は怒り出してしまう。なぜそうなるのかわけがわからなくて、僕も怒る。当然ケンカになる。

よく聞いてみると、妻にとっての「すぐ」はあくまでも「十五分以内」であって、「以上」ではない。どうしてそう決めたのかは知らないけど、とにかく妻の定義ではそうなんだ。僕はますます理解できなくなり、どうでもいいような細かいことですぐ怒りだす妻の態度にうんざりする。

「寄り道が嫌なんだったら、最初から『いいよ』なんて言わなきゃいいだろ！」

「だって、なんで順番変わるとダメなのか、自分でも納得できる理由を思いつかないんだもん。ちゃんとした理由もないのに、断ったりできないでしょ！」

「理由がないんなら、何で後になって怒るんだよ！」

「わかんないよ！　返事した時は、そんな大したことじゃないし、ガマンできるはずだと思ったんだもん!」

僕のためだし、このぐらいガマンしなきゃ、といつも最初は思うんだそうだ。でも結局は最後までガマンしきれなくて爆発する。僕にしてみれば、ありがた迷惑もいいところ。

アホみたいに聞こえるのはわかっている。単に妻の性格が悪くて、わがままがひどいだけだと思うかもしれない。実際、僕だってずっとそう思っていた。長いこと、なぜ妻が突然不機嫌になるのか、急に怒り狂うのか、全くわけがわからなかった。本人にさえ理由が説明できないんだから、いつなんどき不機嫌になり、ケンカが始まるのかまるで見当もつかない。毎日、薄氷を踏む思いの生活だった。

でも今ならわかる。本当はちゃんと理由があったんだ。妻にとって行き先の変更は決して「ちょっとしたこと」じゃない。予測不能なことや、いつものパターンが乱されることは大変な事態なので、うまく対処するのは難しい。だから、予定が急に変わるとひどく混乱して不安になる。そして、強い不安は怒りに変化する。脳の一番原始的な部分が、自分を守るための反応を起こしたせいだ。

危険に出会うと、原始的な脳はまず「逃げろ!」と警告する。恐怖や不安はそのサインだ。それでもダメなら次は「反撃しろ!」と指令を出す。すると怒りや興奮を感じ、人は戦闘モードになる。これは原始時代から変わらないサバイバル本能で、どんな人でも持っている、ごく自然なものだ。ただし妻の場合、生まれつき世の中とズレた感覚で生きているので、一見何でもないようなささいなことでも不安を強く感じてしまう。そのため、本来は自分を守るための反応が、激しく出すぎてしまうらしい。それに、言葉の意味に細かくこだわったり、自分だけのルールや定義を作ってそれに執着したりするのも、実は自閉系にはよくある特徴のひとつ。妻だけに限ったものじゃない。つまり、妻は別にわざとわがままに振る舞っていたわけじゃなかったんだ。

僕は長いこと、妻は何て気まぐれで怒りっぽい性格なんだろうと思っていた。同じような出来事に対しても、妻の反応は時によってずいぶん違い、ものすごく予測しにくいからだ。でも本当は、これもまた本人の気まぐれというより、自閉系の特徴だった。イライラや不安をどのぐらい強く感じるかの度合いが、時と場合によってかなり変化することが原因だった。調子のよしあしや疲れ具合によって、こだわりの強さや急な物事に適応できる限度はさまざまに違ってくる。だから、妻の反応も常に一定ってわけにはいかなかったんだ。

結婚生活はずっとこんな調子で、二人ともわけもわからずにケンカばかり繰り返していた。僕はほとほとうんざりしていたので、わがまま放題に振る舞っている（ように見える）妻の方が、実は深刻なストレスを抱えてつぶれそうになっているなんて、思いもよらなかった。だから妻が新婚早々から不眠に悩まされているのは知っていたけれど、「精神科に行って薬をもらいたいんだけど」と言われても、つい軽く考えて、「そんなことぐらいで医者に行くなんて、不健康だよ」と言ってしまった。

これが、あとあと大変な問題に発展した。妻はこの一言で、僕が「医者に行くことを禁止している」と、固く固く思い込んでしまったんだ。

変化が何より苦手なのに、結婚したことで妻の生活は激変した。初めて両親以外の人（つまり僕）と暮らすことになったし、僕の勤め先の都合で、神戸から全く知らない土地に引っ越してきた。しかも新婚早々に阪神大震災が起きて、故郷が壊滅状態になった。それまで慣れ親しんできた生活とは何もかもが違いすぎた。そのうえ心のよりどころだった神戸までが地震で大きく変わってしまった。変化はあまりにも急激で大きすぎ、妻の許容範囲をはるかにオーバーしてしまったんだ。

(2)長かった暗黒時代

僕が覚えているのは、この頃の妻がやたら不幸せそうで、顔を見るのも嫌だったことだ。ひどく気分が不安定で、突然泣き出したり怒りだしたりするし、まったく手におえなかった。僕はうんざりしながらも何とかなだめすかしてみたけれど、妻ときたら、まるで僕と結婚したことがすべての不幸の原因だって言わんばかりの態度だったから、正直、僕もこの頃はかなり後悔していた。

本当は、妻は別に「僕」に対して不満があったわけじゃなかったんだ。突然の大きすぎる変化に圧倒されて、心身のバランスがガタガタに崩れてしまっただけだ。眠れない日々が続き、神経をすり減らしていたのに、僕のひとことで医者へは行けないと思い込んでしまってちゃんとした治療も受けられないまま、すっかり追い詰められていた。

そんな妻がはまってしまったのは、処方箋《しょほうせん》なしで買える合法のドラッグ、つまり、お酒だった。最初は寝酒から始まったらしいけど、妻の生活全体をお酒がむしばむようになるのに、大して時間はかからなかった。その後、妻は何年もかけてゆっくりゆっくり生活の変化を吸収し、僕との結婚生活にも少しずつ適応していったけれど、お酒はずっとやめられなかったし、今度はそっちの問題が深刻になっていった。なぜって？　アルコールは依存性のあるドラッグだからだ。

いったん依存状態ができあがってしまうと、もう自分ではコントロールがきかなくなる。アルコール依存症の専門医にとっては常識らしいけれど、僕はずっと、このことを本気で信じていなかった。妻の酒量が増えるにつれ、酔っておかしな行動をすることも多くなって、さすがの僕もこれは治療が必要だと思うようになった。妻も自分からあちこちの精神科医を訪ねて一生懸命に相談したけれど、どの医者も、なぜ妻には僕との生活に適応するのがそんなに大変なのか、なぜ普通に生活しているだけなのにお酒を飲まずにいられないほど苦しい思いをしているのかという、肝心のところはわからなかった。ただウツ病の薬を出し、お酒をやめるように言い聞かせるだけだった。医者でさえそんなだから、僕自身も、妻は単にお酒が好きなだけで、しょっちゅう飲みすぎているのはそのせいだとしか思えなかった。いくら言ってもやめないのは、僕に対するあてつけのつもりか、本人の意思が弱いせいだと、長年思いつづけていた。こうして、妻が抱えていたもっと根深い問題には誰も気づかず、理解しようともしないまま、何年もがむなしく過ぎていった。

もちろん、すべてが悪い思い出ばかりじゃない。楽しいこともあったし、一緒にいろいろ面白い経験もした。いい時もあったからこそ、僕らは何とかこの結婚に希望をつないでこられたんだと思う。けれど年月が過ぎるにつれ、妻の状態はじわじわと、確実に悪くなっていき、しまいには妻の生活のほとんどすべてが、お酒に占領されるようになっていった。

そしてある日のこと。ついに事態は突然ドラマチックな展開を迎え、さすがの僕も認識をあらためるしかなくなった。

(3)妻、危篤《きとく》になる

きっかけは、会社で受けた一本の電話だった。

妻のかかりつけの病院からで、救急車で運ばれた妻の肝臓の具合がひどく悪いので、すぐ来てくれ、という。

このところ、妻は微熱が続いていて、食欲もないことは知っていた。ぐったりして、身動きひとつするのもだるそうだった。僕はてっきり、妻の精神的な落ち込みのせいだろうと思っていたんだけど、実はそれが、急性肝炎の症状だった。

病院につくと、医者が詳しく説明してくれた。妻の肝臓の数値は正常の何倍も悪いこと。ほとんど危篤状態で、今夜から明日が山場であること。そして、救急車で運ばれた妻が酒臭く、血液検査でも血中からアルコールが検出されたこと。

何てことだ。

妻は死にそうになってもまだ酔っ払っていた。彼女にお酒の問題があることはわかっているつもりだったけれど、死ぬまで飲もうとするほど深くハマっていたなんて。

その夜、ちょっとだけ面会した時、どうしてなんだ？　と妻に聞いた。何かひどく恐ろしいことが自分に起きているのはわかっていた。だから病院にいくのが怖くてお酒を飲んだ、という返事が返ってきた。

僕たちは本当に、こんな状態でやっていけるんだろうか。妻がもし今夜を乗り切れなかったら、正直、ホッとするかもしれない。複雑な感情が次々と浮かんできた。一体なぜ、妻はそうまでして飲まずにはいられないんだ？　僕との結婚生活は、そんなに絶望的で苦しいものなんだろうか？

妻は決して、物事がわかっていないわけじゃない。だから余計にわけがわからなかった。なぜ、自分が危険だとわかっていて、こうまで滅茶苦茶《めちゃくちゃ》なことをしてしまうんだろう。

その夜、とりあえず容態は安定しているからと僕は家に帰された。妻は病院で絶対安静だった。家に帰ってふとんに入り、暗闇《くらやみ》の中で、天井をにらみながら考えた。

こんな状態で、これからも二人でやっていけるんだろうか。

離婚した方が、お互いのためになるんじゃないか。妻には僕が、僕には妻がいないほうがいいんじゃないか。

どうしたら、妻が自分を破壊するのをやめさせることができるんだろう。これまでひたすら耐えてきたけど、僕にできることは、もう何も残っていないんじゃないか。

その夜は眠れなかった。けれど妻はその後の数日をどうにか乗り切って無事快方に向かい、僕たち夫婦は否応《いやおう》なしに、「その後の人生」に立ち向かうことになった。

その後、どうなったかって？

(4)妻、復活。ついに異星人だと発見される

結局、事態を動かしたのは、変化が苦手なはずの妻自身だった。肝炎から回復して退院すると、依存症の専門病院に行き、自分のお酒の問題について状態をきちんと診断してもらったうえで、医師と相談して治療方針を決めた。そこでわかったのは、僕の思い込みとは違って、妻はお酒そのものが好きなわけじゃなく、耐えがたいほどの強い不安や緊張、不眠をまぎらわすために飲むタイプだということだ。そこで、医者は不安や緊張をやわらげ、夜はゆっくり眠れるように薬を処方してくれた。しばらくすると、薬の効果が出てきたらしい。妻は驚くほどあっさりお酒をやめてしまった。本当に、あっけないぐらい簡単な終わり方だった。

けれど、妻はそこで満足してはいなかった。「そもそも、自分はなんで耐えがたいほどの不安や緊張を抱えているのか？」っていう根本的な問題に、今度こそ徹底的に取り組むことにしたんだ。図書館に通いつめて精神医学の本を片っ端から読みあさり、情報を集め、自分なりに分析した末、妻はようやくひとつの結論にたどりついた。つまり、自分は実は異星人で、これまでずっと必死に普通の人間のフリをしながら生きてきた。そのため常に緊張しっぱなしで、何かと不安を感じてばかりいたわけだけど、そうした精神的な無理がたたって、ウツになったり、お酒におぼれたりしていた、というんだ。

地球の医学書では、妻の言う異星人のことを高機能の自閉症者と呼んでいる。ところが、高機能自閉症だとかアスペルガー症候群とかいうものは、大きく言えばすべて発達障害というカテゴリーの中に入るんだ。これはその名の通り、子どもが成長とともに発達する過程で見つかる何らかの不具合を意味している。当然、普通は児童精神科医の管轄《かんかつ》になるわけで、困ったことに、大人になってから自閉症やアスペルガー症候群の疑いがあると思っても、成人を診てくれる医者を見つけること自体、とても難しい。

しかし、妻がいったん何かを追求しだしたら、あきらめさせることはまず不可能だ。

妻はものすごい努力と粘りを発揮してインターネットの世界を駆けまわり、医療機関の情報を集め、ネット上で出会ったいろいろな人たちにも助けを求め、ついに大人の高機能自閉症を診断してくれる人を探しあてることに成功した。医者が見つかっただけでも、相当ラッキーなことだ。そして検査と問診をしてもらった結果は、ズバリ、妻の言うとおり。ちなみに診断名は、「自閉症スペクトラム障害」だった。

107ページの図を見てもらえば、何となく感じはつかめると思う。自閉症スペクトラムっていうのは、さまざまな自閉傾向のある人をすべてひっくるめた呼び方なんだ。スペクトラムというのは虹《にじ》の七色のこと、つまり正常に限りなく近い人から重度の自閉症の人まで、さまざまな色あいの人々をみんな含めて、連続したひとつながりの自閉系集団ととらえているわけ。自閉症スペクトラム障害っていうのは、この連続体の中のどこかに該当していますよ、っていう程度の意味で、医者によってはほぼ同じ意味で「広汎性《こうはんせい》発達障害」という言葉を使う人たちもいる。自閉症の研究にもいろんな流派があるから、分類のしかたも呼び名もいろいろあるんだと思ってくれればいい。

ともかく妻の場合、知能に遅れはないし、言葉も上手にあやつれることから、高機能自閉症、またはアスペルガー症候群と呼ばれる部類のあたりだろう、ということだった（この二つも、だいたい同じような意味で使われることが多い。細かい定義や違いについては、医者の間でもまだ議論がわかれているので、あまり気にしないでほしい)。

実を言うと、僕は妻から報告を聞いても、まだすぐには信じられなかった。確かに、妻の感じ方や考え方、行動のしかたには、個性的なんていう範囲をはるかに超えている部分がある。でも、それは単に妻がわがままで自己中心的で、他人への配慮が足りないからじゃないのかと思えた。あまり知らない人からだと、妻はいくらか非常識でとんちんかんな行動が目につくものの、全体としては世間慣れしていない、人間関係が下手な普通の人間にしか見えないからだ。そんなナントカ障害や症候群なんて、妻の努力不足の単なる言い訳みたいに思えた。

けれど、医者からも直接説明を聞いて、さすがの僕もようやく少しずつ信じ始めた。問題は社会性、つまり世の中で人とうまく関われないってことだけじゃない。とても難しい言葉だってすらすら使えるのに、理解できるのは文字通りの意味だけって場合が多く、話がうまくかみ合わなかったりして、実際には十分コミュニケーションがとれていないこと。表情やしぐさなど、言葉以外の意思表示や感情表現にはほとんど気づかないこと。いろいろなものごとに妙なこだわりを持ち、自分なりの方法でしか対処できないこと。常に同じ行動パターンの繰り返しを好み、変化に弱いこと。妻は日常生活のスケジュールがふだんと少し変わるだけでイライラしやすくなるし、時には

「自閉症スペクトラム」（広汎性《こうはんせい》発達障害）を図でみると…

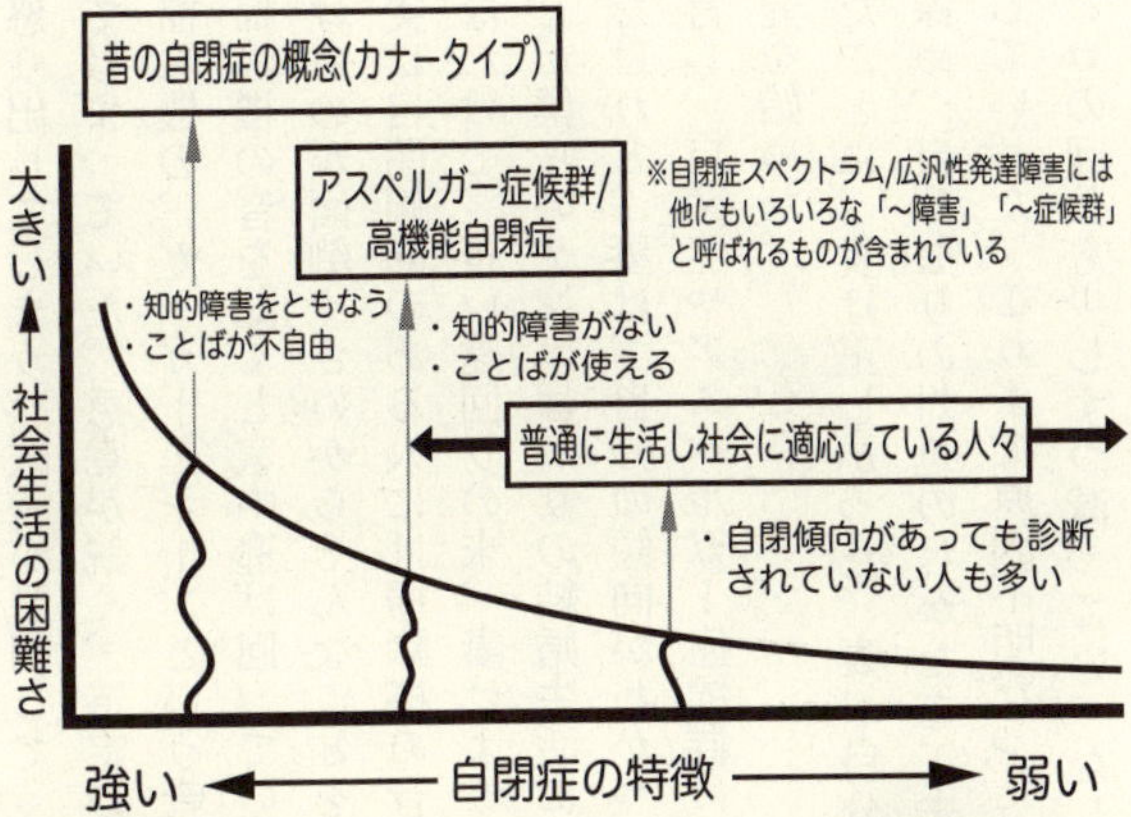

自閉症の特徴は、この３つ
（人によって程度は、かなりちがう）

（1）人の気持ちや場の状況を読めず、人とうまくかかわることがむずかしい。

（2）ことばがうまく使えないか、使えてもいくらか不自然さがあって、人とスムーズにコミュニケーションすることがむずかしい。

（3）特定のものごとに強くこだわったり、常に同じパターンで行動することを好む。そうした、自分のふだんの生活が乱されるとひどく混乱してしまい、落ち着いていられなくなる。

キレて怒り出してしまう。医者が説明してくれた自閉系の典型的な特徴は、何もかも妻にあてはまっていた。感覚が鋭く、特定の音や光に極端に敏感なことも。それも赤ん坊の頃から、妻は掃除機の、ガーガー・キーンという音がものすごく嫌いだ。僕はずっと、妻は掃除機の音を聞くと家中逃げ回っていたほどだという。僕はずっと、程度に思ってい機をかけるのが面倒くさいからそんなことを言っているだけだろう、程度に思っていたが、実は自閉傾向のある人には掃除機の音が苦手な人が多いんだそうだ。

こんなわけで、長い遠回りの末、妻はようやく自分の種族を発見した。僕にはまだ、このことが僕らのケンカばかりの結婚生活に実際どの程度役に立つんだかよくわからなかったけれど、妻は、自分の傾向がわかったのだから必ず対策も見つけられるはずだと断言し、自閉症やアスペルガー症候群についての大量の資料を集めて、さらに詳しい研究を始めた。

驚いたことに、妻は正しかった。妻が自分の特性や弱点について知識を増やし、理解を深め、自分なりの対処のしかたを工夫するようになるにつれて、僕らの関係も変化していった。これまで原因不明だったぶつかり合いの理由がわかってきたことで、ケンカの回数も少しずつ減っていったし、前ほどひどくもなくなった。二人の間の緊張も徐々にほぐれだして、ようやく、日常的な平和が成り立つようになってきた。

ここにたどりつくまでに、結婚してから実に八年近くもの時間が過ぎていた。

第2章

妻から見た世界

普通とはかなり違う、妻の五感

ここまで妻の言動のいろんなズレぐあいについて話してきたけれど、そもそも、なぜそういうことが起こるんだろう。

次ページの図は、外の世界と妻の内面がどうかかわっているかをあらわしたものだ。ただし、これはあくまでも僕らなりの考えかただと思ってほしい。僕も妻も専門家じゃないからね。妻はたくさんの資料から集めてきた知識をもとにこれを作った。自分と世の中のズレがどこでどんな風に起きているかを、なるべくわかりやすく図解したものだ。技術者として図面の分析を仕事にしている僕も、いくらか協力した。

ここには、妻が周囲の世界をどう認識しているか、それに対して妻の中でどういう反応が起こっているかが描かれている。技術者っぽく言えば、妻の情報処理のシステムだ。基本的なシステムはどんな人でも同じ。まず現実世界から①情報

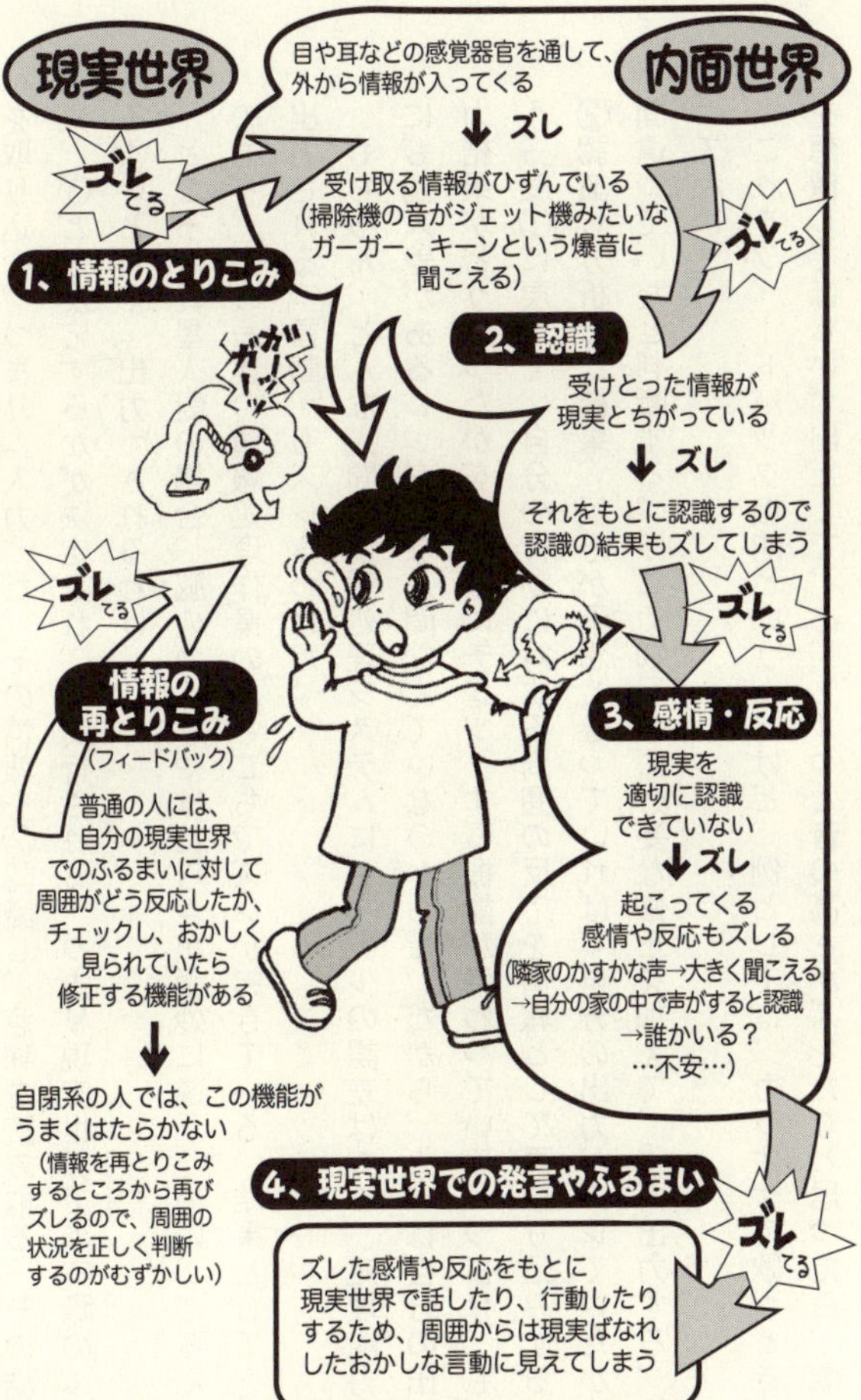
現実世界
内面世界
目や耳などの感覚器官を通して、
外から情報が入ってくる
↓ズレ
受け取る情報がひずんでいる
(掃除機の音がジェット機みたいな
ガーガー、キーンという爆音に
聞こえる)
ズレてる
1、情報のとりこみ
ガガーッ!!
ズレてる
2、認識
受けとった情報が
現実とちがっている
↓ズレ
それをもとに認識するので
認識の結果もズレてしまう
ズレてる
ズレてる
情報の
再とりこみ
(フィードバック)
普通の人には、
自分の現実世界
でのふるまいに対して
周囲がどう反応したか、
チェックし、おかしく
見られていたら
修正する機能がある
↓
自閉系の人では、この機能が
うまくはたらかない
(情報を再とりこみ
するところから再び
ズレるので、周囲の
状況を正しく判断
するのがむずかしい)
3、感情・反応
現実を
適切に認識
できていない
↓ズレ
起こってくる
感情や反応もズレる
(隣家のかすかな声→大きく聞こえる
→自分の家の中で声がすると認識
→誰かいる?
…不安…)
4、現実世界での発言やふるまい
ズレてる
ズレた感情や反応をもとに
現実世界で話したり、行動したり
するため、周囲からは現実ばなれ
したおかしな言動に見えてしまう

を取り込む。つまり「入力」だ。その情報を②認識し、意味を読み取る。その結果、③どう反応するかが決定され、④実行される、つまり現実世界での実際のふるまいとして「出力」されるわけ。

ところが異星人妻の場合、脳のつくりやはたらきが微妙に違うために、ごらんの通り、この一連の情報処理作業のあちこちでズレが起きている。結果として、出力される「言動」もズレるわけだ。

もちろん、どんな人間の情報処理システムにも、多少の誤差はある。処理能力にも個人差があるし、完璧《かんぺき》な人間なんていないからだ。だから、人には自分の出力結果がどうなったかを自動的にチェックする機能が備わっている。つまり、もう一度①に戻って、自分の行動に対する周囲の反応を情報として再取り込みする。②認識し分析した結果、反応が予想と違っていれば、自分の出力がズレていたか、間違っていたと判断する。そこで③反応に必要な修正を加えて、④再出力する、ってわけ。

これをフィードバック機能というんだけど、例としては、カラオケで歌うときを想像してほしい。出だしで、あ、ちょっと音の高さがズレたなと思ったら、歌いながら修正するだろう？　自分の声を耳で聞いてチェックし、ズレに気づけば直そうとするからだ。これがフィードバック。でも、こうしたチェック機能があまりうまく働かない人は（僕のことだ）、音程が多少ズレていても気づかないままなので、「オンチだね」ってことになる。

もうひとつ例をあげよう。例えば、場を盛り上げようとダジャレを思いつき、口にしたとたんにあたりがシーンとなってしまったような場合。この状況は一瞬にして①再取り込みされ、②「気まずい雰囲気……」と認識する。で、③「しまった、失敗した～」という感情が起こり、「しかたない、とりあえず笑ってごまかせ！」って反応がとっさに決定され、④急いで実行される。人間が現実世界で適切に機能するためには、こういう具合に周囲の状況と、それに対する自分の認識や判断の間で、情報を繰り返しやりとりする必要があるんだ。

ところがところが、異星人妻の場合。このフィードバック機能がうまく働かない。脳そのものが微妙に違うために、まず最初の時点で、現実世界の情報を取り込む機能が正常に働かない場合があるからだ。①の入力がズレていれば、当然④で出力される言動にもズレが出やすい。しかも、出力結果をチェックしようとしても、①で情報の再取り込みが正しくできないと、②でズレを見つけることもできない。自分の言動がヘンだという認識ができなければ、③で「あっ、まずいことしちゃった」という感情も、修正しようとする反応も起きない。当然、④の再出力も実行されない。

自分の言動をチェックする機能がちゃんと働いてくれないと、実にまずいことになる。場違いなふるまいをしたり、失礼なことを言ったりしても、自分が失敗したことにさえなかなか気づかないんだ。気づかなければ、経験から学ぶってこともできないわけで、誰かが具体的に言葉で説明してくれない限り、何度でも同じ失敗を繰り返してしまう場合もあるわけ。

ここからは主に①の情報入力の部分、つまり、僕らにとってはごく当たり前の世界を、妻はいったいどんな風に感じているのかってことを中心に、話していこう。

視力と眼力

妻は視力がめちゃくちゃ悪い。しかも片目がいくぶん遠視、片目が強度の近視で両方乱視も混じっているという、ややこしい目だ。近視の方の目だけは矯正すれば視力が出るけど、そうするとそっちの目だけでものを見るので、くっきりしていても距離感がまるで感じられない見え方になってしまう（人は普通、両目から入ってくる二つの画像を脳で合成することで、立体的にものを見ている）。

距離感が正しくはかれないと何かと大変だ。ドアノブをつかみそこなって扉に衝突したり、すれ違おうとして人にぶつかったり、店で商品を取ろうとしてのばした手が棚にバンと当たって、棚がぐらっとした拍子に積んであるものが崩れてきたり、なんてことはしょっちゅうある。当然、車の運転なんてとても危なくてできないので、自転車が足がわり。距離感がわからないとあまりにも厄介なことが多いので、妻は普段、メガネもコンタクトもほとんどしないままでいる。

あんなに視力が悪いんじゃ、風景はほとんどぼやけてるはずだし、色もかなりにじんで見えてるはず。それで、一体どうやって自転車を乗り回しているんだか。本人いわく、行き先は近所の決まった場所だけだし、信号の色はちゃんと見えてるから大丈夫だというんだけど……妻の注意力はバランスが悪いので、何かに気をとられていると周囲のものは無視してしまいがちだ。実際、時々わき道から出てきた車とぶつかって自転車ごとコケたりしているので、僕はいつもひやひやしている。

ところが、視力が悪いからといって、妻にはものが満足に「見えていない」のかというと、とんでもない！ あきれるぐらいよく見えてることもある。ビデオのレンタル屋なんかに行くと、どこからか面白そうな映画をさっと見つけ出してくる（それもたいてい、僕の好みのやつだ）。最近はＤＶＤが増えて、背表紙の幅もあんなに狭くなったのに、一体どうやって探し出すんだろう？

車でドライブしていても、標識はまず見落とさないし、新しい建物、面白そうな店、ヘンな看板なんかを次々と、実に目ざとく見つけだす。にゅっと突き出した馬のリアルな前半身がちょっとコワイ、奇抜な飲食店の看板。石材屋さんの店先に、墓石のサンプルや観音像と一緒にさりげなく置かれた、ドラえもんの石像。何と妻より背が高い。レトロな感じの接骨院の壁にさりげなく貼《は》られた、忍法教室の案内。立派な筆書きで、実にいい味わいだ。見慣れた道も、妻と一緒に通るといつも何かしら新しい発見がある。

「どうしてそんなにいろんなものが見えるんだよ？」

「眼力ってやつでしょ。視力が悪いぶん、眼力でおぎなってるんだよ」

ふうん、ガンリキねえ。

視界に入ってくるすべての情報をざっとながめながらスキャンしていき、何か興味を引くものがあると、カメラのようにさっとそこに注意力を向けてズームインする。そしてカンと推理で視力の弱さをおぎなって、意思の力で何なのかを見極める。妻の「眼力」は、どうもそんな風に働いているらしい。

難点は、どうやら目から流れ込んでくる情報の量を自分の意思でコントロールすることはできないらしいってことだ。注意力がよそにそれているために目に入らないことはあっても、面倒だからあまり何もかも目に入れないようにしようっていうわけにはいかない。自分の都合で入力の量を加減することはできないんだ。

だから、あまり目に刺激の多いところ（たとえば東京の繁華街なんか）で長時間過ごすと、入ってくる視覚情報が多すぎて処理が追いつかなくなり、くたくたに疲れてしまう。まぶしい日差しや、ぱかぱか点滅するネオンのような刺激の強い光でも同じことだ。入ってくる情報量を減らすには、目を閉じるか、色のついたレンズで明るさを弱めるしかないから、妻はいつもサングラスを持ち歩いている。室内でかけていても違和感のない薄めの色のレンズで、表面がミラーになっているのがお気に入りだ。

「そんな、ギンギンのミラーじゃないもん！　表面に薄くミラー加工がしてあるだけの、ハーフミラーっていうタイプなの。半分透けて半分反射する感じで、色の薄いレンズでも透けて見えにくいんだ」

はいはい、ハーフミラーね。とにかくそのタイプが気に入ってるのは、妻にとってサングラスは外界から入ってくる刺激を減らすだけでなく、他人の視線をさりげなくブロックする目的もあるからなんだ。妻は、他人の目を見ても、そこにある表情や感情が読みとれない（耳や鼻と同じように、単なる顔のパーツの一つにしか見えないそうだ）。だから誰かが自分の目を見ていると、一体そこに何が見えてるのか想像もできなくて、不安で落ち着かないんだという。

「それがどんな感じかって……？　う〜ん、手相見に手のひら見られてる時みたいな感じ、って言えば近いかな？　この人に、一体自分のことがどれだけ見えてるんだろう、ちょっとお腹《なか》すいたなぁとか、その程度のことだけだろうか？　それとも読心術みたいに、自分のあらゆる考えがすべて透けて見えてるんだろうか？　とか……」

「人の目を見ただけでそんなに何もかもわかるわけないだろ！　どうしてそこまで心配するんだよ」

「だって、自分以外の人はみんな、お互いに目を見ただけで相手の気分とか、考えとかわかるらしいのに、私にはぜんぜんわからないんだもん。知らない人にこっちを見られてる時にどこまで自分のことが読まれてるか見当もつかないから、何となく不安な感じがしてしかたないの」

体調が悪かったり、疲れたりすると不安も強まるけど、調子のいい時はほとんど気にならないそうだ。「だからね、サングラスは常に必要ってわけじゃない。ただ、使わなくてもあると落ち着けるから持ち歩いてるの」。これもまた、妻なりの生活の工夫のひとつってわけ。

見られることが不安っていうのは、「視線恐怖」という、他人の目線に対する別の恐怖症（そんなものもある）に似てる感じもするけど、自閉系の場合はちょっと違う。人の「視線」そのものをほとんど感じられないからこそ、かえって他人が自分をいつ、どんな風に見ているのかがわからなくて不安になるんだ。逆に言うと自分も「視線」を使うことができないわけで、そのため、自閉系の典型的な特徴のひとつは、人と目線が合いにくくて周囲に違和感を与えてしまうことだ。妻のサングラスには、人と話してる時に目がよそを向いてしまうのをごまかす目的もある。

「だって、目を見ても特に相手の情報が読めるわけじゃないからわざわざ見ても意味ないし、目って、鼻や耳と違ってよく動くじゃない。大きく開いたり細まったり、目玉があっちこっちきょろきょろ向きを変えたり。それを見てるのって、はっきり言って苦痛なんだよね。ちゃんと目を見て話すようにって言われて無理にじーっと見てると、目玉とか白目の血管ばっかり見えて気持ち悪いし、見つめすぎると今度は『にらんでる』とか、『目つきが悪い』って怒られるし。もう、どうしていいかわかんない！」

「人の目を見て話す」って言っても、別にそれは相手の目玉をじーっと見つめ続けるって意味じゃないんだけど……でも、そういうことを言葉で説明するのはあまりにも難しいし、僕にはとても無理だ。そういえば普段の生活でも、妻は僕の目をあまりしっかり見ない。でも話をする時は一応僕のいる方向を向いていることが多いし、目線が合わないこと自体は、僕はそんなに気にしていない。結婚して十年たったから、もう慣れたってことなのかな？

過敏な視覚に悩まされていることを、妻がわざわざ人に話すことはまずない。黙って自分なりに対処するだけだ。ただし家の中だと話は別で、けっこうあれこれと僕にわがままな注文をつけてくる。地球に暮らす異星人として、外では常に何かと不安を感じているかわり、家の中だけは自分の安全圏なので、かなり気ままにふるまっているんだろう。でも正直なところ、僕としてはたとえ家の中でも、夫婦の間でも、頼むからもうちょっと気兼ねしてくれ〜ぃ！　と思うことがよくある。

いい例がテレビだ。といっても、どちらが何を見るかでモメるわけじゃない。問題はチャンネルの変え方。僕は見たいチャンネルを出すために、パカパカとチャンネルを順送りするクセがある。どこのチャンネルだったか忘れたけど何か見たい番組があるような時よくやるんだ。文字を読むのがめんどくさいので、いちいち番組欄で調べるよりこの方がよっぽど楽だからね。すると妻が言う。

「それ、やんなきゃいけないの？　一発で出せないの？」

「そりゃ……出せるけど。ダメなの？」

「ちょっと刺激が強くて。目的のチャンネルがあって変えるなら、パッとそこに変えてくれない？」

文字にするとかなり遠慮がちだけれど、こういう時の妻はかなりご機嫌ナナメな様子だ。確かに、目まぐるしく変わるテレビ画面っていうのは視覚に刺激が強いだろうし、まぁ仕方ないかと思って、僕は素直に謝った。

「ああ、ごめん」

ところが、ほんの半時間ほどしてさっきの番組が終わると、今度は妻が自分でリモコンを持ってパカパカとチャンネルを変えてるじゃないか！　何なんだよ、おい。

「人にするなって言っといて、自分でやるなよ！」

「だって、九時からの映画、どこのチャンネルかわからなかったんだもん」

「番組欄、見ればいいだろ！　番組欄」

「だって、めんどくさいじゃん」

「ついさっき、人にチャンネル目まぐるしく変えるなって言ったところじゃないか！　人がやってるのは悪くて、自分ならいいのかよ！」

「うん。自分でやると、次に何が起こるかわかってて、心の準備ができてるから、多少画面がチャカチャカしても大丈夫なの」

おいおい、お前なぁ……まるでケンカを売られてるみたいだし、かなり腹も立つ。でも、実はこれこそ妻の典型的な異星人らしさなんだ。自分の言ったりしたりすることに対して相手がどう反応するか、どういう感情を持つかってことが、まるで予想できないから、こうなってしまう。言葉が自由に使えてもコミュニケーションに問題があるっていうのは、まさにこういうことなんだ。

「妻、そういうことするとすごい人の気に障《さわ》るんだよ。普通、ものすごく腹が立つよ」

「ん？　どうして？」

妻はきょとんとしている。しらばっくれてるわけじゃない。本当にわかってないんだ。

「自己中心的すぎるだろ」

「何で？　だって本当に、他人がチャカチャカやってると、いつまで続くんだかわかんないし、くらくらしてくるんだもん。自分がやるときはもっとゆっくりやるし、いちいち考えながら変えてるからそんなに気にならない。第一、自分でもめったにやらないし」

「でも、人にやるなって言った直後に自分がやってたら、やっぱり、相手が嫌な気分になるだろ。人ならダメで自分ならいいっていうのが、自己中心的に見えるんだよ」

「そうなの？」

「そうだよ！」

妻はしばし考え込んだ。

「……怒ったんだったら、ごめん」

妻との生活はいつもこんな感じだ。診断を受ける前に比べたら、妻の不可解な言動の理由がわかってきたぶん、大きなケンカは確かに減った。それでも、こういう小さなぶつかり合いはしょっちゅうある。こんな我が家の実情を知らない人はよく、僕らのことをとても仲のいい夫婦だって言ってくれるけど、こんな妻に日々耐えてる僕にとっては、けっこう辛《つら》いこともあるんだぜ……

妻って地獄耳？

異星人妻は、聴覚もやけに敏感だ。

僕の目覚ましは、ちょっと当たっただけでアラームのセットボタンがオンになる困りモノ。だから時には朝じゃなく、十二時間ずれた夕方にいきなり鳴り出してしまうことがあって、突然変な時間にピキピキッ、ピキピキッというアラーム音が鳴りひびく。そのたび、僕はあわてて寝室に走る。異星人妻はあの独特の甲高い電子音が、身震いするほど苦手だからだ。でも時々、妻に止められる。

「違うよ、あれはうちじゃない。よその家の目覚まし。多分、お向かいの」

「えぇ？」。こんなにすぐそばからはっきり聞こえてるのに？　僕には、うちの寝室で鳴ってるとしか思えない。でもこういう時、念のため寝室を見に行ったところで必ず妻の言うとおり。自分の目覚ましじゃないんだ。

僕らの近所はいたって静かなところで、決して、よその家の物音が筒抜けに聞こえてくるような場所じゃない。実際、よその家の中の音なんて、僕にはほとんど聞こえない。ところが、周囲が静かなぶん、妻の耳にはかえってあちこちの家の中の音がくっきりと聞こえてきてしまうらしいんだ。

うちの近所には、なぜか毎朝六時過ぎに掃除機をかけるのを日課にしている家がある。僕にとっては、ああ、掃除機だなってわかる程度の音でしかないんだけど、妻にとってはこれが結構こたえるらしく、毎朝、「ううーっ!」とうめいては、ため息をついている。さすが、赤ん坊の頃から掃除機のガーガー・キーンという音が苦手で、苦痛のあまり、まだ歩けない頃からハイハイで家中逃げ回っていたというだけのことはある。当然、今の我が家で掃除機を使うのは僕だけで、妻はその間、頭から布団《ふとん》をかぶってひたすら耐えている(普段の掃除は紙モップや粘着テープでやっているので、掃除機かけは週一回だけだ)。

他にも、よその家の電話の内容から、明日の遠足のお弁当を何にするかで親子が口ゲンカしている内容まで、妻の耳にはとにかくいろんな生活音が嫌でも入ってきてしまう。妻の耳はまるで感度の良すぎる集音マイクみたいで、どうでもいいような雑音から何から、とにかくあらゆる音を拾い上げ、しかもそれが意識にまで入りこんでくるのを自分ではコントロールできない。近所で内装工事なんかがあった日にはもう大変で、トンカンいう音が一日中頭の中で響き続け、「もー何も考えられなくて、ホント参ったよ〜」なんて、よくこぼしている。

そんなの、わざわざ聞き耳たてなきゃいいのにと思うかもしれない。でも異星人妻の場合、周囲の音を自分の都合にあわせて選りわけ、聞きたい音だけ拾って、いらない音は聞き流すってことができないんだ。そもそも、聞き流すっていうのがどういうことなのか、妻にはよくわかっていない。

「さっきから目の前で話してるのに、まるで聞いてなかったって、どーしてよ！」

「だって、テレビ見てたから」

「そう思ったから、コマーシャルの間をねらって話したでしょ！」

悪かったね。僕はふだん一日じゅう会社にいるから、コマーシャルを見るのも結構好きなんだよ。

どうやったら自分に興味ないことだけをうまく聞き流せるのか、妻には不思議でたまらないらしい。しかも、僕がちゃんと話を聞いてるか確かめる（つまり相手の反応を自分自身にフィードバックする）ってことをしない。これはコミュニケーションが成り立つためには絶対必要な過程なのに、自分がそれを抜かしてるってことにすら気づいていないんだ。だから、自分が僕に向かってぺちゃくちゃしゃべったことは、そっくりこっちに伝わったものと勝手に思い込んでいることが実に多い。当然、あとになって「言った」「聞いてない」と二人で大モメすることもしばしば。

もちろん妻にだって、音がしても聞こえてないって場合もあるにはあるけど、困ったことに、これは本人の意思とはまるで関係なく起こる。原因は妻の脳だ。複数の事柄を同時に処理するのが苦手なため、別のことに注意が集中していると、耳から入ってきた音を脳が勝手に無視してしまうって場合と、声→言葉→意味、と処理する速度が遅いため、話の内容に理解が追いつかない場合。この二つが主な理由で、こういう時の妻の脳は、どんなに大きな音だろうと大事な話だろうと、うまく認識できない。つまり、ちゃんと聞こえていないわけだ。

話は変わるけど、家で聞こえる物音がどの方向からしたのか、何の音か、区別がつきにくいのって僕だけなんだろうか？　僕は特に、テレビによくダマされる。電話が鳴って出ようとしたら、妻に「違うよ、今のはテレビの中の電話の音！」と言われるのなんかしょっちゅうだし、玄関に向かいかけると、「違うちがう、今のチャイムはテレビドラマ！」だし、ドアが閉まるバタンという音につい振り返ってもやっぱり、「だから、テレビの音だってば！」だ。

まあ、これぐらいならまだいい。でも夜明け前、ガサゴトッという怪しい物音でハッと目が覚めてドキリとしたら、次の瞬間、「何でもないよ、郵便受けに朝刊がきただけ」と、暗がりの中で妙に冷静な妻の声がして、よけいギョッとしたこともある。

妻はどんなによく眠っているように見えても、目を開けた瞬間、まるでスイッチを入れたみたいに、即、脳が起動するらしいんだ。一瞬で日中モードに切り換わるので、目が覚めたとたん、いきなり昼間と同じように考えたり話したりするし、突然ふとんから起き出して何かをやり始めたりする（寝ぼけているわけでは全然ない）。半分目が覚めた状態でふとんの中でうとうととまろどんだりしていることは、ほとんどない。

「まどろむ、だよ。まろどむじゃない」

はいはい。こっちは朝起きたって、そんなに急には頭が回らない。朝食を食べ終わって、体にエネルギーが補充された頃、やっと頭がまともに働き始めるんだからね。

ま、それはともかく、音の方向や距離をつかむ能力は、妻の方がずっと鋭いってことは確かだ。家にいて何か物音がした時、二人がまるで違う方向にさっと目を向ける、なんてことはしょっちゅう。でもどうやってそれが「何の」音かを一瞬で判断できるのか、そこが僕には一番の謎《なぞ》だ。

カチャ。

「台所の水切りカゴの食器がズレただけ」

ゴソパサッ。

「そこのゴミ箱にさっき丸めて捨てた紙が、広がろうとしてるだけ」

ボゴォンガシャ。

「風呂場《ふろば》でボディソープのポンプボトルが浴槽のフチから落っこちただけ」

はああ、そうですか……

「妻ってさ、一体何でそんなに、やたらと音に敏感なんだと思う？」

「う〜ん……」。ちょっと考え込んで「防衛本能？」

「そうだな、それはあるかも」

外見からはごく普通の地球人に見えても、妻はやっぱり異星人だ。微妙に違う脳のために、周囲の人たちとは感じ方も考え方も違っている。これまでずっと、自分はどこか皆と違う、何か変だと感じてきたし、それが周囲にバレるとたいていロクなことがないことも経験上わかっている。子どもの頃から、妙な言動が目立ってしまうといじめられたり、仲間はずれにあってきたし、大人からは「わがまま」で「自分勝手」、

「非常識」で「生意気」だと叱《しか》られてきたからだ。

でも、本人には自分のふるまいのどこがどうおかしいのか、なにを非難されてるんだか、肝心のところがわかっていない。だから、自分を取り巻く世界へのつかみどころのない不安だけを常に持つようになってしまうんじゃないだろうか。もともと、異星人の感覚はとても敏感なんだろうけど、それが異常なほど過敏になって、感覚刺激が多すぎると気分が悪くなるとか、ひどく疲れるとか、神経を限界まですり減らしてしまう、って状態になるのは……周囲に対して常に不安感や警戒心を持っていることと、無関係じゃないはずだ。少なくとも、僕はそんな風に思っている。

なぜかというと、地球人だって不安でびくびくしているときはいつもより感覚が過敏になるし、それはすごく自然な反応だと思うからだ。たとえば、お化け屋敷が怖いのは何より、暗くて周囲の状況がまるでわからないっていう、あの状況があるからだろ？　お化け屋敷では、ちょっと怪しい物音がしたり、冷たい風が吹いてきたりしただけで、みんなが怖がって悲鳴をあげる。

これって、異星人の感覚過敏と似てないだろうか。自閉系は、周囲の状況をつかみ、先の展開を読んで変化に対処することが苦手だ。それはきっと、暗いお化け屋敷を手さぐりで進んでいくような感じじゃないだろうか。しかも日常生活が常にそんな感じだとしたら、感覚が異常なほど過敏になっても不思議はない。

ところで、妻の妙に鋭い聴覚も家の中でならまだ、そんなに問題にはならない。ただし、一歩外に出ると話は別だ。買い物しにスーパーに行っただけで、ざわざわと入り混じった雑多な種類の音があらゆる方向から押し寄せてくる。行きつけの場所ならある程度慣れているけれど、妻の場合、店内放送が一番苦手だ。特に絶え間なくかかっているＢＧＭがどうしても気になるんだそうで、耳に入ってくる音楽をどうしても意識からふり払えず、しかもなぜか、いちいち題名を頭の中で確認せずにはいられないんだという。知ってる曲なのにタイトルが思い出せなかったりすると、そのことが妙～に気になって、その後いつまでも、ずっとそのことを考え続けてしまったりするんだって。

「ＢＧＭが流れるたびに、頭の中で曲名あてクイズをやってる？　冗談だろ！」

それって、面白すぎ。でも本人が言うには、別に趣味でやってるわけでもないし、それが楽しいわけでもないという。

「ただ周囲のあらゆるメロディが頭ん中に流れ込んでくるのを、自分では止められないだけなの！　それだけでもいいかげんうるさくて大変なのに、いちいち記憶の中から曲名を探し出してマッチングする作業までせずにはいられないんだよ！　信じられる？　この、ものすごいエネルギーの無駄づかい。疲れるし、我ながらホントうんざりする。なのに、どうしても曲名考えるのがやめられないの！」

それって、一体……頭の中、どうなってるんだ？

妻の耳は音楽のほかにも、周囲の人の話の内容から、店内放送の一言一句、どこかで子どもが買ってほしいと騒いでいるおやつの商品名まで、ありとあらゆる無意味な雑音も拾っている。店ではそうした大量の音の刺激と同時に、棚にどっさり並んだ色とりどりの商品や、まぶしい店内照明といった目への刺激も大量に押し寄せてくるから大変だ。入ってくる刺激の量が限界を超えると処理しきれなくなり、神経がオーバーロードを起こす。こうなると、時にはただ近所に買い物に行っただけで、ぐったり疲れてしまうこともある。

異星人妻の耳の感覚過敏は（耳だけじゃなく目も、他のあらゆる感覚も同じことだけど）、同じ刺激に対して、いつも一定のレベルで同じように反応するわけじゃない。その日その時によって、感度もかなり変わる。特別に感覚が過敏な人じゃなくたって、ひどく疲れてる時なんかだと、普段なら何でもないようなちょっとした物音でもうるさく感じたりすることがあると思うけど、自閉系の場合、そういう感じ方の波がもっと激しいんだ。

おそらく、これはアトピーや他のアレルギーなんかの場合と似ているかもしれない。体調が悪かったり、疲れていたり、気分的に参っているような時は症状が強く出るし、いつもなら何でもないようなちょっとした刺激でも、身にこたえる。逆に心身が好調な時には、過敏反応もあまりひどくはあらわれない。聴覚の場合だと、調子のいい時には騒音の多い場所にも耐えやすくなるし、苦手な音も、神経をすり減らすほどひどくは感じない。妻なんか、時々僕についてモトクロスの大会に行ったりするけど、オートバイが一斉に走っている時のすごいエンジン音だって、慣れれば平気らしい（ただし、常に耳栓は持って歩いてるけどね）。

そういえば、我が家の天井の上はすぐ屋根なんだけど、材質のためか雨の音はまるでしない。なのに妻は、外で雨が降ってきたらたちまち気がつく。一体何の音を聞いてるのかと思ったら、何と、よその家の屋根の端から雨がしたたり落ちる音、なんだそうだ。近所にたまたま、屋根の雨どいが一カ所ちょっとズレている家があって、そこから聞こえてくる音らしい。恐るべし、妻。

「じゃあさ、あれは何の音だと思う？」

二人してのんびりしていたある雨の日、僕は天井を指さして妻に聞いた。屋根の雨音がまるで聞こえないかわりに、うちの天井からは時々、ぱたぱたぱたという、軽い足音みたいな音が聞こえてくるんだ。もっとも僕らは、本当に天井の上に何かがいるとは思ってない。うちにはそもそも天井裏に隙間《すきま》なんかないし、聞こえる足音だって、ネズミのような小さい生き物のものじゃなく、どちらかというと、小型の犬か小さな子どもが走り回ってるような感じだし、すぐ上から聞こえるにしては音があまりにも軽くて小さい。きっと、くっついて建ってる近所の家のどれかの物音が、なぜかうちの天井に反響してるんだろう。でもこれは長いこと我が家の謎で、冗談のタネでもある。

「あれはね……座敷わらし！」

何たって妻の耳のことだ、案外、本当にそうなのかも。

敏感なんだか、鈍感なんだか

　妻の皮膚感覚、というか、肌で感じる感覚にも、何だかすごく異星人的というか、妙なところがある。僕から見て何といっても一番ヘンなのは、大好きな天気予報を見ながら、「あ、やっぱり大きな低気圧が来てるよ〜。どうりで何か重い感じがすると思ってたんだ」って、よくひとりごとを言ってることだ。

「重い？　何だよ、それ？」

「いやその、低気圧とか台風が近づいてくると、決まってこう、空気が重たくなったような感じがするの」

「空気が？　重たくなる？」

「水に潜った時、水圧を感じるのに似てるんだけど。低気圧がくる時は、空気がいつもより濃厚でねっとり重くなって、全身にこう、ずっしりまとわりつくような感じなんだよね。腕を動かすだけでも、いつもより重い感じ」

う〜ん、全然わからん。でも本人にとって、低気圧＝体にのしかかる重さ、っていうのは、ごく当たり前の感じらしい。

「別に珍しくなんかないよ。同じように重い感じがするっていう人、何人もいるもん。うちの親だってそうだし」って言われても。僕自身はそんな人、ひとりも知らないんだぜ。

妻のあらゆる感覚は、ほとんどどれも敏感すぎるぐらい敏感だ。皮膚感覚にしたって、外に出ただけで気温をほぼ正確に当ててしまうし、雨が降ってきたら誰よりも先に気がつく。雨の最初のひと粒が体に当たった瞬間に（それが髪の毛でさえ！）感じるんじゃないかと思うほどだ。服を選ぶ時も、デザインや色は気に入ったのに、肌触りがガマンできないからダメってこともある。本人いわく、キシキシした感じが一番苦手なんだそうだ。それが具体的にどんな種類の布地のことなんだか、僕にはさっぱりわからないんだけどね。

普段からこんな調子だから、異星人妻はさぞかし、あらゆる種類の皮膚刺激に対して敏感に反応するもんだと思うだろ？　ところが、ところが。ことはそう単純じゃない。ひどく敏感なのかと思えば、ある種の刺激に対しては、とんでもなく鈍感でもある。この妙にアンバランスな感覚こそ、実は自閉系の特徴のひとつなんだ。皮膚感覚に限らず、視覚や聴覚など、どの種類の感覚や知覚についても、敏感さと鈍感さをあわせ持っている場合がけっこうあって、それ自体は別に珍しいことじゃないらしい。

妻の場合、注射がいい例だ。僕は別にすごく痛がりってわけじゃないが、どうも注射針というやつが苦手で、テレビで点滴や注射のシーンを見るだけで何となく身震いしてしまう。ところが、妻は注射針がまるで平気。入院した時、何日も点滴針が刺しっぱなしだったことがあるけど、ほとんど意識すらしてなかった。精密検査のために採血室でやたら何本も血をとられた時だって、腕に刺さった針から次々と管に血がたまっていく様子を、いつものあの無表情な顔でじーっと見つめていて、まったく平気だったらしい。検査技師の方が気味悪がって、「あの〜、あまり自分で見ない方がいいですよ」って注意されたそうだ。

笑いながらその話をする様子を見て、最初は単に、妻の方が医者嫌いな僕より病院や注射に慣れてるから、度胸があるんだろうと思った。けれど、どうもそれだけじゃない。妙にけろっとしているのは、実は妻が、注射針が体に刺さっている感じも、その痛みも、あまり感じていないせいだってことが、だんだんわかってきたんだ。

痛みに鈍感なもうひとつの例が、ケガした時だ。異星人妻は、普段からコケたり手足をぶつけたりして傷を作ることが多い。動作が何となくぎこちないことがあるせいなんだけど、これは脳がある動きをイメージして指令を出しても、その通りに体を制御できなくて、指令と実際の動きがズレるからだ。こういう微妙な不器用さも自閉系にはありがちなことらしいけど、とにかく、そのせいで妻の動作は時々いくらかぎくしゃくするので、すり傷、切り傷、打ち身なんかは日常茶飯事。ところが、ケガをしてるのに自分ではまるで気づいてないってことも、またよくあるんだ。

切り傷からたら〜っと血が出てても、見事な青アザを作ってても、本人、まるで自覚なし。痛みも感じてないらしい。おかげで発見したこっちの方がぎょっとしてしまう。妻の皮膚はどうやら、痛みの刺激に対してはかなり鈍感なようだ。

え、ちょっとした傷ぐらい、気づかなくたって単なる笑い話ですむだろうって？

ところが妻の場合、小さな傷でも黴菌《ばいきん》に感染しやすいから厄介なんだ。本人によると「体の免疫《めんえき》システムのパワーがイマイチ」だかららしい。気づかないうちに、いつの間にか感染症を起こしてぽこっと大きく腫《は》れあがってたり、傷口が赤くただれて広がっていたりすることがよくあって、そこまで悪化してから医者に行っても、治るのに何週間もかかる。何たって妻は、ケガも病気も治りが遅いんだよ。

感染症の兆候は、傷の近くのリンパ節が腫れることや微熱が出ることだって医者に教わってから、妻は首の両側とか手足のつけ根にあるリンパ節が硬くしこりのようになっていないか、日ごろから気をつけるようにしている。熱の方は感染症とは関係なく、しょっちゅう体温計ではかる。実は妻、皮膚の痛みだけでなく発熱もあまり自覚できないんだ。

熱に鈍感なのは子どもの頃からだそうで、何となくだるくて、眠い感じがするな～なんて思いながらぼんやりしていたら、高熱なのですぐ医者へ連れて行くようにってことで、親を見つかって熱をはかられ、幼稚園や小学校の先生に様子がおかしいのがいそいで迎えに来ることが何度もあったらしい。今でも、自分では熱を出してる自覚がほとんどない。部屋が暑いとか、顔が少しほてる、頭がぼーっとする、ちょっと眠い、何かだるい、そんなことしか感じないんだ。時々僕に向かって、「今って暑い？　それとも私が熱出してるのかな？」って、真剣に聞いてきたりする。

本人でさえこの調子だから、僕が見ても妻の具合はわかりにくい。いやその、何か悪いとこがあるのは、ひと目見ればすぐわかるんだ。いつもよりもっとどんよりした感じで、だるそうだし、明らかに顔色も悪いし、目の下にひどいクマができてたりする。ただ、何たって妻はもともと無表情で、普段からあまり元気ハツラツってタイプじゃないからね……単に不機嫌なのか、ウツでどん底気分なのか、熱や痛みがあって体調が悪いのか、そのへんの見分けがつかないんだ。ひどく落ち込んでるようだと思って「何かあったの?」と聞いてみたら「さっき測ったら三十八度ぐらい熱があった」なんて、まるで方向違いの答えが返ってくることもよくある。

妻は微熱をよく出すので、多少の熱なら、体温を時々チェックするだけ。解熱剤《げねつざい》も飲まない。なるべく気にせず、できるだけ普段どおりの生活をしている（ただしどんどん高熱になるとか、原因不明のまま一週間たっても下がらない時は、医者に行くと決めている）。ケガの方は、ついつい自分でいじくって悪化させてしまうので、傷を見つけるとすぐ、予防のためにぺたぺたとばんそうこうを貼《は》る。時たまおでこのニキビにまで貼ってある様子はマンガっぽくてかわいいけど、本人は大まじめだ。何たって、おでこのニキビからひどい感染症を起こし、顔が半分ぐらい見事に腫れあがっちゃったことがあるんだから、無理もない。

「傷とかニキビとかついさわっちゃうのってさ、自分の体にいつもと違う異物があるのが無意識に気になってるからだと思う」

まあ、そうかもね。異星人妻は痛みには鈍感でも、変化にはかなり敏感だ。

妻にとってちょっとしたケガや発熱や体調不良は珍しくないことだけど、痛みや熱に鈍感なため、自覚のないまま悪化させてしまうこともある。だから妻は「常に気をつける」ように心がけているけど、同時に「気にしすぎない」と、いつも自分に言い聞かせてるそうだ。

「だって、具合が悪いからあれもこれも今はやめとこうとか、やりたいことも、やらなきゃいけないことも、具合が悪いからできないとか、言い訳に使いだしたらキリないもん。そんなことでいちいち振り回されたくない」

これは本当。妻は熱でかなりだるくてほとんど寝たきりになってるような時でも、僕の食事は必ず時間通りきちんと出してくれる。そのへんの頑張りはすごい。でも、できる限り普段どおりに過ごしたいっていうのは、いつもの生活のパターンが乱されることに耐えられないっていう理由もあるのかもしれないな。

熱でぐったりしているような時、妻が解熱剤がわりに愛用しているものがある。気分が良くない時も、不安が強い時も効果があるもの、それはガーゼの毛布なんだ。全身丸ごと、時には頭まですっぽりくるまることが重要らしい。妻は寝るとき用とは別に、くるまるため専用のガーゼ毛布っていうのを持っている（しかも冬用のあたたかいのと夏用の薄く涼しいのと二種類）。何たって、妻にとってこれは一年中いつでも必需品だからね。家にいる時は、いつでもこれが妻のそばにある。

ガーゼの肌ざわりにすっぽり包まれている感触は、妻にとって体調や気分の悪さから気をまぎらわしたり、不安をやわらげたり、すり減った神経を休めたり、ピリピリ・イライラとささくれだった感情をなだめたりする効果がある。タダの毛布にしては、ずいぶんいろんな心身の不調を癒《いや》してくれるもんだ。まあ、ガーゼの柔らかな感触は悪いもんじゃないと僕も思うけれど、妻にとって、どうしてそこまで「ガーゼの毛布にくるまる」ことが大事なのか、その理由を聞いてびっくり。

何と、赤ん坊の頃使っていたベビー毛布の肌に当たる面がガーゼだったから、なんだそうだ。ガーゼの肌触りの記憶は、幼児期の安全で心地よい安らぎの感覚と結びついているので、毛布にくるまって過去の感覚を再現することで、気持ちが落ち着くんだという。

赤ん坊の頃の、しかも肌触りの記憶なんてものがどこまであてになるんだか、僕には正直よくわからない。

「あのね、記憶が本物かどうかは重要じゃないの。実際に効果があって、快適で安らげるんなら、何だって利用すればいいってこと。誰かに迷惑をかけない限り、かまわないじゃない」というのが妻の答えだ。ガーゼの感触にこだわる本当の理由は、単に自閉系特有の強いこだわりを発揮してるってだけなのかもしれないけど、別にそれでもいいし、大事なのは実際にそれが役に立ってるってことなんだそうだ。ガーゼの肌触りの効果に気づいたとたん、妻は寝室の自分の毛布や布団《ふとん》カバー、シーツなんかも全部ガーゼに取り替えてしまった。

けれど正直言って、最初のうち、ガーゼの毛布は僕にとっていくらか迷惑だった。毛布がいつも妻と一緒に居間やなんかに置いてあるのは、どうもいい感じがしない。僕にとって寝具は寝室にあるべきものだし、寝転がる場所は居間じゃなく、寝室であるべきなんだ。昔から僕はちょっと昼寝するにも、必ず寝室で、必ずパジャマに着替えて横になっていた（よくオートバイの整備なんかしてるから、服のままふとんに入ると、汚れを持ち込みそうな気がして嫌なんだ）。今でも、僕がふとんに入るのは絶対、体を洗ってパジャマに着替えてからだ。

だから、妻の毛布がほとんどいつも居間に出してあって、しかも妻がしょっちゅうそれにくるまって居間でゴロゴロしてるっていうのは、どうにもだらしない感じで、何とも目ざわりで嫌だった。ただし、今ではつとめて気にしないようにしている。すっかり見慣れたのでほとんど意識しなくなってきたってこともあるし、妻にとってガーゼ毛布がとても大事なものだってこともわかったから。毛布と一緒に居間で過ごすことで妻が少しでも機嫌よく、穏やかな気分でいてくれるんだったら、僕としてはかまわない。まあ、できれば使ってないときぐらい、毛布はきちんとたたんで、目立たないところにかたづけてほしいとは思うけどね……

ところで、妻の覚えているガーゼのベビー毛布については、もっと不思議な話がある。自閉系の人はしばしば、とても幼い時期からの、驚くほど鮮明な記憶を持っているものらしいけど、妻もやっぱり、映画のように過去の情景が「見える」そうだ。妻が問題のベビー毛布のことを突然思い出したのは、診断に使う資料の一つとして、医師に読んでもらうための「生育歴」（自分が生まれてから現在までの、育ち方や主な出来事のまとめ）を書いていた時だった。

思い出が浮かんだというより、記憶の中のひとコマがいきなり、くっきりした映像として見えたっていう方が近い。記憶の中のベビー毛布は使いこんだ感じで、表は色あせたような淡いピンクっぽい色のタオル地。不細工な黄色いアヒルの絵が、大きくプリントされていた。アヒルは笑顔で、丸い黒い目には白い星があったようだ。何度も洗ったせいでタオル地がやせて、少しざらっとした感触だった。肌にふれる側はガーゼで、こちらも何度も洗ったために生地が薄くなりかけていたけど、くたくたに柔らかくなった肌触りが心地よかった。

この記憶の中の「黄色いアヒル」。何とこれが我が家にあるんだよ！　結婚してまだ数年目のある日、妻が突然買ってきたんだ。おもちゃやぬいぐるみといったものにはまるで無関心な妻がなぜ？　と不思議だったけど、本人にもなぜそんなものが急に欲しくなったのか、わからないと言うんだ。見たところ、それはお風呂《ふろ》用のごくありふれた黄色いアヒルのおもちゃで、別に何も変わったところはない。でも妻はおもちゃ屋や雑貨屋、ベビー用品店を何軒もはしごして、あらゆるアヒルを見て回ったそうだ。

「とにかくどうしても黄色いアヒルが欲しいっていう、強烈な感じがしたの。どんな感じのを探してるのか自分でも全然わかんないのに、何個見てもぴんとこない。どれもみんな、どこか違うの」

大体、アヒルのおもちゃなんてどれもみんな似たり寄ったり。そんなに大した違いなんてないものだ。なのになぜか、妻はどうしても「ぴったりくるの」を見つけられなかった。仕方なく帰ろうとして、最後に食料品スーパーに寄った時、たまたまペット用品売り場を通ったら、そこに、犬のおもちゃ用の黄色いアヒルがあった。

「見た瞬間、探してたのはこれだってわかった。絶対間違いないって」。ただし、その理由は全然わからなかったそうだ。今も昔も、うちには犬も子どももいないことだし。

その時のアヒルは風呂場に置いてある。なぜ妻がある日突然黄色いアヒルを欲しがり、しかもなぜあのアヒルを選んだのかは、ずっと謎《なぞ》のままだった。何年もたって、偶然あのベビー毛布のことを思い出した瞬間、妻はひらめいて、すぐにうちのアヒルを見に行った。

「記憶にある毛布の柄より、頭が小さくてバランスのとれた形だし、うちのアヒルの方がかわいいよ。でも、上目づかいで、くちばしが小さめだからおちょぼ口っぽい感じで、黒い丸い目に大きな白い星があるところがね、やっぱり似てるみたい」

妻の記憶がどこまで正確なのかは、いまだにわからない。妻の実家にある昔のアルバムには、おそらく毛布と一緒の写真もあるはずだけど、今のところ僕らには、それを見る機会がない。でも、妻があのアヒルを買ったのは確か、結婚して二年目ぐらいだ。まだお互いのこともよくわかってなかった。あの頃の妻は「僕らの家」が「自分の家」だという確信がどうしても持てなくて不安だとよく言っていた。今思えば、変化に弱い妻は、まだ僕との生活に十分適応できてなかったんだろう。

そんな時、何かが妻の記憶を刺激したのかもしれない。赤ん坊の頃、「自分の家」

はどこよりも安らげる、安全な居場所だったはずだ。妻の無意識は何とかその時の感覚を再現しようとして、記憶の中にあるのと同じ黄色いアヒルがどうしても必要だと判断したのかもしれない。記憶の真実はいまだに謎だけれど、とにかく妻は何かの理由で、黄色いアヒルとガーゼの毛布を必要としていたわけだ。本当に不思議だ。

我が家の料理人

異星人妻は、少なくとも我が家では一番すごい料理人だ（ま、うちには妻と僕しかいないんだけどさ）。妻はどこかで一度でもウマイものを食べると、その味を記憶することができる。しかもただ覚えるだけじゃなく、どうやったらその味が出せるのか推理して、自分で再現することができるんだ。妻自身は、こんなの特別珍しいワザじゃないって言うんだけど、本当かい？　味を記憶したり再現したりするなんて、僕には何とも不思議な、信じられないことに思えるんだ。

だって、料理の味を再現するといっても、妻の場合、正確な作り方も分量もほとんどが「てきとー」。もともとは高級な料理でも、再現するために特にグルメな材料を揃《そろ》えるでもなく、手の込んだ準備をする様子もない。ごく普通に、近所のスーパーで食材や調味料を調達し、趣味で集めてるいろんな国のソースやスパイス類を使って、ささっとごまかして作るだけ。なのに、僕にとってはびっくりするほど「あの時のあの味」と同じものが出来上がるんだ。

「どうやったら、そんなことできるんだよ？　それに、妻は適当なこととか、あいまいなことってむちゃくちゃ苦手なはずだろ。なのに、どうして料理だけは大丈夫なわけ？」

「さあ〜、わかんない。でも、料理って絵を描くのと似てるからかもしれない。ほら、どっちも、要は思いつきに工夫を足して作っていくもんでしょ」

そう、妻は趣味で絵も描く。なかなかいい感じの絵だけど、妻いわく、「ありのままをリアルに写したいんなら、カメラで撮ればいい」ってわけで、描くのはいつも、現実離れした不思議な色や形の世界だ。あるテーマを思いついて描きはじめても、その時の気分やアイデアで妻の絵はどんどん変わる。もとのテーマにこだわらず、自由にああだこうだといじくっているうちに、だんだん方向が決まっていって、最後には何となく、作品としてまとまっていくんだ。その場の思いつきや工夫をどんどん取り入れながら作るって意味では、確かに、妻の料理は絵と似てるかもしれない。それに自閉系の人の能力ってそもそも、かなり不規則にでこぼこしている。苦手な分野ならすべてダメ、っていうようなわかりやすいものじゃなく、ものすごくうまくできることと、激しくできないことがごちゃまぜになってるんだ。

「適当なことができるっていうのは絵と同じかもしれないけど、味の再現ってとこはまるで違うだろ？ そこはどうなってるわけ」

「さあね。そもそも、一度食べた味ならたいてい自分でも作れるなんて、結婚するまで全然気づかなかった。独身時代はずっと、洋風の食べ物しか作ってなかったんだ。和食なんかまるで興味なかったから、お粥《かゆ》にはチーズを入れてリゾットにしてたし、汁物はコンソメの素を入れてスープにしてた。米の袋を買うのが重くて面倒だから、何ヶ月も主食がパスタだったこともある。私って長いこと海外に行ってても現地の食べ物だけで全然平気な人だから。和食なんて、結婚して初めて作ったんだよね」

「え？」。ウソだろ～！ 「でも、肉じゃがとかキンピラとか、何作っても失敗したことなんかないし、最初から味だってウマかったよ？」。今では工夫改良されてもっと手早く、さらにおいしくできるようになってはいるけど、僕が初めて食べた時だって、十分にいい味だった。

「そう、その時気づいたの。夫が和風のおそうざいが食べたいって言うからさ、まずは、和食ってどうやって作るんだろ？ って、料理本で材料と調味料と手順を調べるところから始めたんだ。でも結局はいつも通り、本は参考にしただけで、自分流に作って、味つけも目分量でしちゃったんだけどね。それでもちょうどいい味が出せた時、

『あ、これだ』って、はっきりわかった。自分で作ったことはなくても、実家でずっと和食中心の食事してきたから、味の記憶はしっかり自分の中にインプットされてたわけ。だから初めてでも簡単に味が出せたんだ」

うわわ、そうだったのか……

僕はもともと、食べ物に関しては冒険好きなほうじゃない。子どもの頃から食べ慣れたものが一番落ち着くし、それで十分満足しているので、知らない食べ物には手を出したがらない。ところが、妻ときたらとにかく好奇心が強くて、未知の食べ物を見ると何でも試してみたがるし、僕にも食べさせたがるんだ。おかげで僕は結婚してから山ほど「初めての味」を経験することになった。カレーライスじゃなくインド風のカリーや石焼ビビンバといったものから、旅先のいろいろな地元料理、ワニのステーキやカエルのカラアゲみたいなちょっと変わったものまで、実にいろいろと。

「自閉系って変化が苦手なはずなのに、なんで食べたことないものばかり挑戦したがるわけ？　それに、並行して複数のことやるといつも混乱するくせに、何で料理だけは手際《てぎわ》よくできるんだよ？」

「好奇心はすべてにまさる。でもそれだけじゃないかな。『食べたことのない料理を見たら一度は試してみるべし』っていうのがこだわりになってるんだと思う。試してみたからって必ず好きになるわけじゃない。それに、何でも一応は食べられるけど、実はかなり好き嫌いがあることも最近気がついた」。自閉系は味覚に関しても感覚過敏なことが多く、食べられるものが少ないとか偏食が激しいとかよく聞くけど、妻の場合、親のしつけが厳しくて何でも残さず食べさせられたおかげで、どうしても食べられないものっていうのはないそうだ。ただし、えり好みはかなり激しくて、普段は僕よりよほど限られた種類の食べ物だけしか食べたがらない。

「それに、並行して複数のものごとをやるのは、料理でもやっぱり苦手。だから、最初にどういう順番で何をするか、段取りを頭の中でしっかり組み立ててからとりかかるの。覚えきれない時はメモを書く。何種類もの料理を同時に作るのはやっぱり混乱するから、たいていおかずは一品だけ。それに……」

「そうか、『妻の恩返し』だ！」

「さすが夫、わかってるじゃない！　人に一挙一動を見られてると思うと気になってピリピリするし、途中で話しかけられたりすると、注意がそれたはずみに頭の中で組み立てた段取りが崩壊して、一気に混乱してわけわかんなくなったりするから、ものすごく嫌なの」

「だから、料理中は決してのぞいちゃいけないんだ！　何か手伝うことないか聞こうとすると必ず不機嫌になるから、最初は訳わかんなかった。あの態度、ものすごくムカつくんだよね」

「ごめんね。自分でも、手伝おうって言われるとなんでそんなにイラつくのかわかってなかったんだ。ただ、親が細かいことまでいちいち注意するほうだったから、人に見られてると神経質になるんだと思ってた。自分が注意力をうまくコントロールできないってことに気がついて、やっと本当の理由がわかったの」

言うまでもないけど、『妻の恩返し』っていうのは、『鶴《つる》の恩返し』をもじったもの。そう、あの「決してのぞいてはいけません」って言って機《はた》を織る妻が、実は鶴の化身だったってお話。ただし異星人妻は優雅な鶴どころかかなり不器用なので、料理していると、台所からはしばしば、ドシンバタンガチャンと危なっかしい物音がしてくる。こっちとしては何とも不安になるんだけど、それでも絶対、台所の方をしげしげ見たり、声をかけたりしちゃいけないんだ（それどころか、ちらっと見ただけで怒り出すんだから！）。まあ、ウマイ料理でそれなりに恩返しはしてくれてる……とは思う。

妻は相当いろんな料理の味を見事に再現してしまうけれど、決して手間のかかる凝ったやり方はしない。世界のスパイス類や、世界の料理本をけっこうたくさん集めているし、なぜか、絶対に自分では作りそうもない複雑な料理のレシピまで持っている。でも自分でも言ってるように、本のとおりに作ることはまずない。レシピはすべて「参考資料」、記憶にある味に近づけるために、料理の方法や材料や調味料なんかを調べるだけなんだ。実際に作る時は、手持ちの材料を活用し、塩や油の量は控えめに、手順をいくつか省いて手間ヒマを減らし、ささっと仕上げる。それが妻流の料理法だ。

何もなかったはずの台所に妻が立つと、ものの十五分もしないうちに、出来たての料理が食卓に登場する。我が家では、基本的にご飯は炊飯器ごと、おかずは鍋《なべ》ごと出てくる。おかずはたいてい一品だけで、ご飯は炊飯器からセルフサービスでよそう。グルメ料理どころか、あまり家庭料理らしい雰囲気でさえない。妻自身はこのスタイルを「屋台系料理」と呼んでるんだけど、それが実にぴったりくる。早い、ウマイ、気取らない、まさに屋台メシ風なんだ。

本人によると、鍋のままなのは別に無精だからってわけじゃなく、山盛りのおかずが食べてる間に冷めてしまわないようにっていう、妻なりの配慮なんだそうだ。見た目は悪いけど、家で僕が一回に食べる量はゆうに大人二人前ぐらいのボリュームがあるから、結構、実用的な工夫だといえる（これでも、三十代になって以前ほど食べなくなった)。僕はこのぐらい大量に食べないと物足りないけど、スポーツをするから、いつも身長百八十センチ・六十キロ台をキープするように心がけてもいる。妻の料理はその点、腹いっぱい食べても太らないための工夫がこらされているのでありがたい。

見た目は屋台メシ風でも、妻の料理は油や塩分をかなり控えめにして、味の薄さをスパイスで補ってある。いろんな種類の野菜を相当たくさん使ってボリュームを出してあるけど、肉は脂身《あぶらみ》の少ないものばかりだそうだ。実にうまくごまかしてあるので、僕にはほとんど普通の料理との違いがわからないぐらいだけど、とにかく、ウマイうえに、満腹するまで好きなだけ食べても太る心配がないのは妻の作る家メシだけだから、鍋ごと出てこようが、ご飯がセルフサービスだろうが、僕としては十分に満足してるってわけ。

そういえば、結婚するちょっと前、妻の元同僚に会ったことがある。妻は「とっても親切でいろいろお世話になってた、まちこちゃん」と紹介してくれたけど、実は職場の先輩だった。「就職した時は食品売場のレジ係で、そこからインテリア部門のチーフにまで昇進したんだよ。すごく優秀で、お客さんの応対もお店の管理も、何でもできるすごい人だけど、レジ打ちにかけてはもう神業。目にも止まらぬ速さでお釣りの硬貨が宙を飛んで、レジの引き出しから手のひらに移動するの!」

先輩を「ちゃん」と呼んでしまう妻には驚いたけど、今思えばそういうズレ具合もいかにも異星人妻らしい。当の「まちこちゃん」は少しも気にせず、ニコニコしていた。妻を好意的に見てずっと仲良くしてくれる人はたいていがこういう、大らかで常識にこだわらないタイプだ。もう結婚していたその先輩が、なぜかその時、僕にふとこう言った。

「奥さんに家でおいしいもん作ってもらいたかったら、まずはいっぱいおいしいもん食べさせてあげることだよ」

その場では、この言葉はあまりぴんとこなかった。結婚してからも妻のことを大事にして、ちょくちょく外食にも連れ出してあげるんだよ、っていうような意味かなあ? なんて思ったことを覚えている。でも、今ではこの時の名言に、深く深〜く感謝してるんだ。あのひと言はまさに正しかった。何たって、妻と一緒にいろんなものを食べに行って、何か気に入った料理に出会ったら、「今度さ、これ家でも作ってくれる?」と頼んで、妻に味をしっかり記憶してもらうだけでいいんだからね……おかげで十年後の今、僕はいつも家でウマイものを食べる幸運に恵まれている。

妻と僕、超能力者はどっち？

女のカンは鋭いってよく言うだろ？　これはある程度まで事実で、科学的な研究でも証明されている。例えば、女性は男性よりずっと数多くの、微妙に違う色を見分けることができるそうだ。この能力は、女性が母親になって子育てする側だってことと関係してるらしい。子どもの顔色のわずかな変化から異常に気づくことは、母親にってとても大切だかららしい。

色だけじゃない。女性の方が男性より「普段と何かが違う」といったばくぜんとした感覚を敏感に察知して、反応する。つまりカンがいいんだ。これも、わずかな異常を素早く感知することが、子どもの安全を守ることにつながるからだっていう説がある。母親にとって役立つ能力だから、男性より女性の方により発達したっていうことらしい。また、子どもを育てるには穏やかな環境も大事だから、女性の方が人間関係でも争いごとを避けたがる傾向にあるそうだ。

うちの妻は異星人だが、一応女性には違いないので、やっぱり、色の微妙な違いを見抜く能力や、直感的に状況の変化を感じとる力はそれなりに発達している。ただ妻の場合、直感力で他の人の感情や考えを察知することはできないので、もっぱら天候とか温度とか部屋の中のものの配置といった人間以外のことについて、鋭い感覚のひらめきを見せる。人間についてはいたって鈍感で、その点は地球人の女性とかなり違っていると思う。

何年も結婚しているうちに、お互い相手の考えていることが結構読めるようになってくるっていうのは、よく聞く話だ。でも結婚十年目の我が家の場合、僕から見た妻はやはり異星人で、まだまだ謎《なぞ》が多い。いっぽう、妻は僕のことを、かなり読みとれるようになっている。妻によると、他の人のことはわからなくても、僕のことならけっこう読みやすいんだそうだ。自閉系は人の気持ちや雰囲気を読むことが苦手なはずなのに、少なくとも僕のことに関してだけは、信じられないほどズバリお見通しってことが多い。

例えば、僕が仕事を終えて帰ってきた日。

「おかえり、今日はパソコン仕事が多かったんだね」

「え、何でわかるの？」

食事を出してくれながら。

「最近、ちょっと胃の調子が悪いでしょ？　夕食、あっさりめにしといたから」

「な、何で知ってるの⁉」

そして、夕食後にほっとひと息ついてる時。

「まだ何か食べたいの？　アイスクリームがあるよ。でも今すぐだと食べすぎになるから、後のお楽しみにとっといてね」

「ななな、何で今、一瞬デザートのこと考えたってわかるんだよ⁉」

こんな時は、まるで頭の中をのぞかれてるようでほんとにびっくりする。でも、妻によるとこれはテレパシーでも読心術でもなくて、推理力なんだそうだ。パソコン仕事をしてきたとわかったのは、目が充血し、肩のあたりがこわばって少し前かがみの姿勢だったから。胃が悪いとわかるのは、ここ数日顔色が悪く、息が少し匂《にお》うから。デザートのことを考えたのがわかったのは、食事を終えて、一瞬ちらっと冷蔵庫の方に目を走らせたから、読めたんだそうだ。そうやって状況証拠から推理を働かせているから、「推理力」だってわけ。

「何たって小学生の頃から、シャーロック・ホームズ全集とか読んでたしね」

でも、推理小説を読んだだけでそんなに状況証拠を読みとる能力が身につくはずもないだろうし、そもそもなぜ僕のことについてだけ、こんなに何でもお見通しなんだ？

「そりゃ、基本的なことだよ、ワトソン君。相手についてのあらゆる情報を収集し、好みや人柄を分析する。行動パターンを観察し、どんな仕草がどんな気分に結びついているのかを覚えこむ。すべてはそれの積み重ね。私がこんなに長い期間、一緒に住んで身近で観察した人間は夫しかいないから、ものすごーく詳しくなるのも当たり前でしょ。何たってもう十年だもん！」

そうか、情報収集か。状況証拠を分析するにも、もとになる基礎データが必要になる。妻の場合を考えてみれば、結婚するとすぐに、僕という人間を徹底研究しはじめたのを覚えている（僕らは遠距離交際だったし、知り合って半年ほどで結婚したので、お互いの詳しいことは知らないままで結婚生活をスタートしたんだ）。

妻が最初に手をつけたのが、家に転がっていた僕の雑誌類だ。モトクロスの雑誌、自転車の雑誌、カメラの雑誌、機械技術設計の専門誌、僕の会社の社内報。とにかく、家中の雑誌を全部、表表紙から裏表紙まできっちり読んだとしか思えない。他のはともかく機械技術の専門誌なんて、素人《しろうと》が見て一体何がわかるのか、見てて何が面白いのかまるで謎だったけど、妻は毎号、新製品情報から不良品を減らす方法の特集記事にいたるまですべて真面目《まじめ》に読み、あっという間に僕の業界についての基礎知識や部品の名前、専門用語なんかを覚えこんでしまった。

そして、結婚から三ヶ月もたったころには、妻は僕よりモトクロス界のニュースに詳しくなり、有名選手の名前をすらすらとあげ、モトクロス選手権の話題が普段の会話の中に当たり前に登場するようになった。自転車や、僕の好きな他のアウトドアスポーツについても似たようなもので、妻はものすごい勢いで知識を吸収し、あっという間に、とても素人とは思えないぐらいに詳しくなってしまった。

僕はもっぱら寝る前のひと時、マシンのかっこいい写真をのんびり眺めるのが楽しみでモトクロス雑誌を買っているだけで、面倒な活字の部分はあまり読まない。ところが妻ときたら、記事どころか広告の隅々にまで全部目を通し、マシンや選手や最近の話題についての知識をどんどん吸収していった。僕の出るアマチュア大会がどんなものかも見てみたいと言って、何度かカメラを抱えて一緒について来たりもした。

妻も僕も小学生の頃から写真を撮っているけど、妻にとってモータースポーツの写真を撮るなんて初めてのはずだ。それにしてはなかなかいい感じに撮れてると思ったら、実はモトクロス雑誌に載っている写真がどんな位置からどんな角度で撮られているか、しっかり研究してきたんだという。しかも試合の見所をつかむために、僕が開きもしなかった今年度の国内モトクロス公式大会の競技規則書まで、しっかり熟読してきていた（どうりで、僕より最新ルールに詳しかったわけだよ……）。

これだけいろいろなことについて知識をためこみ、カンも人一倍鋭い妻だけど、僕以外の地球人についてはやっぱりデータ不足なのか、人の気持ちを感じ取ったり、場の空気を読みとることは極端に苦手だ。まあ、それが自閉系の特徴なんだから当たり前といえば当たり前だけど、妻はそのためにこれまで人間関係でたくさんの失敗を重ねてきた。自分でも気づかないうちに人を怒らせたり、いつの間にか仲間はずれになっていたり。そうした経験が数多いせいだろうと思うけど、妻は誰かを怒らせることを、いつだって異常なぐらい不安がる。

ところが、そんなにビクビクと気をつかっていてさえ、異星人妻はやっぱり地球人との関係では何かと波風をたてやすく、行く先々でトラブルを巻き起こしてしまうことがよくある。たまたま僕が一緒にいると、こっちまで冷汗をかくはめになるから、まったくたまらない。まず第一に、前から知っているはずの人を見かけても知らんぷりで、挨拶《あいさつ》さえしない場合が多いのが困る。人の顔を認識する能力がひどく悪いので、数回しか会ったことのない人の顔を識別するなんてほとんど不可能なためなんだけど、これが僕の会社関係の人間、特に先輩や上司だったら、すごく気まずいことになる。

次に、妻の話し方や言葉遣いがしばしば、その場にちゃんと合ってないことが大問題だ。妻だって、僕が普段から親しくしていて、休日には一緒にマラソンや自転車レースに出ている同僚たちの顔はちゃんと覚えてるし、会えば気がついてちゃんと挨拶もする（家に写真があるから、それを見て覚えてるってこともある）。ところが、それから妻が話の輪に加わろうとすると、じきにまずいことになってしまう。

妻には周囲のしゃべり方に同調してしまうっていう妙なクセがあって、僕らが男同士で話をしているところに入ろうとすると、いつの間にかとんでもない口のきき方をしていることが多いんだ。言葉の同調は、多分、妻の脳がそれなりに努力して、周囲の状況に溶け込もうとしているから起こることなんだと思うけど、どう考えても、ちゃんと効果をあげていないことの方が多い。しかも妻本人は、大学で言語学を専攻したっていつも言ってるくせに、自分の言葉づかいがおかしいことにはなぜか気づかないらしい。

僕らは男同士だし、普段からいっしょに仕事をしている仲だから、気安くしゃべる。お互いの名前は、苗字《みょうじ》に「ちゃん」づけぐらいが普通だし、先輩のことも、あだ名に

「さん」をつけて平気で呼んだりしている。でも、妻は一応「女」なんだし、職場の仲間うちってわけでもない。話に加わる時も、僕の友達に対しては、もう何段階か丁寧な言葉づかいをしなくちゃおかしいはずだ。なのに、妻は僕らに混じると、僕らとまったく同じ口調で、誰彼なしに「ちゃん」づけで呼んでしまうし、僕の後輩のことは「くん」呼ばわりしてしまう。しかも、女言葉を使うことさえしょっちゅう忘れている始末だ。

本人によると、「最近は普段の生活でほとんど夫としか会話してないから、つい忘れるんだと思う」んだそうだ。おかげでハッと気がつくと、僕の横で妻が、「うん、そうだよ〜、今年のウェアってすっごくカッコいいんだよね！」なんて感じで僕の同僚としゃべってる、というようなことが起こる。

あちゃ〜、またやってるよ！

同僚同士じゃなく、同僚の奥さんって立場なんだから、そんな口のききかたじゃ、乱暴でぞんざいな人みたいに見えてしまう。なのに、本人は全然気がついてないんだ。後で説明するとちゃんと理解するんだけど、肝心のその場では、適切な口調と丁寧さのレベルを判断することが全然できてない。妻も最近やっとそのことを自覚しはじめたらしく、誰かと初めて会う時には、「相手のことは何て呼べばいいの？」「です・ます調でしゃべるの？」なんて、事前に僕と打ち合わせして確認している。もっとも、実際にしゃべり出すとあっという間に言葉づかいが崩れだすこともあるから、油断はできないんだけどね。

しかも、妻といて冷や汗をかくのは、言葉づかいのことだけじゃない。場の空気が読めない妻は、みんなで話をしている最中にも、いきなり相手がムッとするようなことをぽろっと口に出してしまう。その上、相手がそれでさっと顔色を変えようが、その場が一瞬凍りつこうが、まるっきり気づかないんだ。こんな調子だから、僕の会社が社員と家族の親睦《しんぼく》のために開く夏祭りなんかのイベントに妻を連れて行くなんてことは、とてもじゃないけど恐ろしすぎて、考えたくもない。

ところが、これだけ場の雰囲気や状況を判断するのが苦手な反面、妻はまるで超能力か魔法でも使ってるみたいに、人や状況を「読む」こともあるんだ。知らない人と会った時も、持ち物や服装、ケータイの着メロといった情報から好みを推理して、実にうまいぐあいに話題をあわせていくこともある。着ているシャツが楽器の柄のプリント模様なのに目をとめて、音楽の好みをたずね、相手のジャズ談議に聞きいったり、ケータイの着メロが数秒鳴っただけで、「あの映画の曲ですね！」と言い当て、それをきっかけにいろいろな映画の話で盛り上ったり、という具合だ。これは妻が、人の気持ちを読む能力が弱い部分を埋め合わせ、何とかうまく人と会話するために、おそらく大変な努力をして編み出してきた独自の推理テクニックなんだろうと思う。もっとも、妻の推理が必ずうまく当たるとは限らないのが困ったところだ。

推理がイマイチ、ハズレてばかりいると妻はひどく不安になりはじめ、必死で相手の気分や空気を読み取ろうとする。それも空回りに終わるとだんだんと疲れて、ついにはイライラしはじめる。そもそも人と関わることに苦手意識を持っているから、いったん自分の推理力に自信がなくなると、どんどんビクつきはじめてしまう。

相手の表情や場の雰囲気を読めないうえに、言葉の裏にこめられた感情も読めないのでは、確かに不安にもなるだろう。慣れない場面で、よく知らない人からこんなことを言われた場合、妻はたちまち混乱してしまう。

「あなたって頭いいのね、英語も話すんでしょ?」

その場でとっさにどんな対応をしたとしても、妻はあとあとまで、その時の自分の答えや態度が適切だったのかどうかで悩んでしまう。これって、おかしいと思うかい?

でも、「頭いいね」というたった一言でも、言われた場面や状況、相手の言い方なんかによってどれだけ違った意味をこめられるものか考えてみてほしい。それは心からのほめ言葉かもしれないし、実は嫌味なのかもしれない。妻はふだんから無表情なので、無愛想で偉そうなヤツだと思う人だってけっこういるからだ。一方で、それまでの話題で何か気まずい雰囲気になったので、急いで話を変えようとして、たまたま妻に英語修行の話題を振っただけのことかもしれない。

ある言葉がどんな意図で言われたのかには、これぐらいいろいろな可能性がある。異星人妻が混乱してしまうのは、前後の話の流れや、言った人の表情、その発言に対して周囲の人がどう反応したか、といった状況が正しくつかめないからだ。でも普通、僕らは特に意識して考えることもなく、そういうことを自然に感じ取って、大体の場合ほぼ正しく判断している。実は、これは僕らの脳が全自動で情報を処理し分析してくれているおかげなんだ。

異星人妻から見ると、地球人がいちいち考えたり推理したりすることもなく、それでいてお互いの意図をちゃんと理解しながら会話のやりとりをしている様子こそ、まるでテレパシーを使っているようで、すごく不思議なんだそうだ。

実際には、地球人の子どもたちだって最初から他人の気持ちを読み取れるわけじゃない。ただ、普通はかなり幼児期からこうした能力を習得しはじめ、成長するにつれて、他人のものの考えかたや感じ方を、「自然に」察することができるようになっていくんだ。つまり、特に発達段階に障害がなければ、誰でもある程度は他人の心を読みとる能力を身につけて成長するわけ。そのおかげで、僕らは人とコミュニケーションしたり、社会の中にとけこんで周囲の人たちとうまくやっていくことができるようになる。いったん読みとり能力を習得してしまうと、僕らはまったく意識しなくてもそれを使うことができるので、普段はそんな能力があることさえ忘れている。ところが妻のように、こうした能力の一部がうまく発達しない場合もある。これを、「発達障害」と呼ぶっていうわけだ。

異星人妻からは、僕のように普通に発達した地球人が、お互いに相手の伝えたいことを当たり前のように察して、言葉だけでなく、ちょっとした間合いや目線、表情や仕草なんかを使って、いとも簡単に気持ちを伝えあっている様子こそ、まるで超能力でコミュニケーションしているように見えているんだ。とても不思議で、何とも理解しがたい能力だと思ってるそうだ。

妻が自分の読み取り能力の穴をおぎなうために利用しているのは、推理小説の知識だけじゃない。ドラマや映画も、大いに役に立つ教材なんだそうだ。実際、こうした作り話の中のキャラクターなら、妻はずいぶん的確に人間の心の動きを読み取ることができる。

以前、二人で字幕ナシのインド映画を見た時のことだ。二人とも言葉はひとこともわからないのに、僕が出演者の顔の見分けもつかなくてまるっきり混乱しているそばから、妻の方は映画のストーリーをどんどん解き明かし、僕に解説してくれた。

「ほら、あの美人は主人公の昔の彼女だよきっと。彼女の方はまだ未練があるんだよね、今は全然別の生活をしてるのに、何度も会いにくるんだもの。この質素な服の女の人は田舎から出てきたんだ。きょろきょろして、人ごみの中をうまく歩けなくてもみくちゃにされて困ってるもん。あ、かばん盗まれた！」

「ほら、主人公がさっきのかばん拾ったよ。郵便局に持ってきた。あの女の人に送ってあげるんだね。これは女の人が田舎の家にいる場面。盗まれたかばんが届いたよ、喜んでる！　あ、何か書いてる。お礼状だきっと。これがきっかけで主人公と文通して恋に落ちるんじゃない？　そして都会派美人の元彼女と三角関係になっていく……」

初めての映画を見ながらどんどん話の展開を読みとっていく妻にはびっくりさせら

れっぱなしだったけど、しばらく後で字幕のついた版を見たときに、余りにもその時の妻の解説がドンピシャに当たっていたので、それこそ二度びっくりした。

本人によると、映画だと四角いスクリーンの中だけを観察すればいいし、筋書きも登場人物も、現実の出来事や人間よりずっと整理されて、わかりやすいように作られている。さらに演出のおかげで、表情だとかしぐさだとか、注目すべき部分がアップになったり、雰囲気を強調するために効果音や音楽が使われたりするから、「現実の世の中を理解するより、ずーっと簡単」なんだそうだ。

へ？　そうなの？

僕の方は、ちゃんと日本語で映画やドラマを見ていてさえ、しょっちゅう話についていけなくなることがあるんだけどな……

こんな調子で、僕と妻はお互いに、相手にはまるで超能力があるように思うことがある。まったく、本当はどっちが超能力者なんだろうね？

妻はショーガイシャ？

(1)普通の人に見えるのに障害があると診断されたことについて

話は少し前後するけど、妻が診察を受けてから自閉症と診断されるまでに実際どんな検査をしたのかについて、よくいろんな人から質問される。だからここでは、このことについてもう少し詳しく、具体的な話をしよう。

前にも言ったように、妻から「診断がついたよ。やっぱり、自閉症スペクトラム障害のどっかに入るらしい」と言われたとき、僕はすぐには信じられなかった。確かに妻は人間関係をうまくこなすのがひどく苦手だ。人の神経を逆なでするようなことを言ったりしたりしても、自分ではまるで気がついていないこともある。ささいなことで急に怒りだし、通りの真ん中で人目もかまわず大声でどなり出したりすることもある。でも、だからといってどこかに「障害」があるようにはとても見えない。ああいう妙なふるまいって、単に性格の悪さの問題じゃないのか? 僕から見れば、妻は単に世間知らずでマイペースの度がすぎるために、非常識なことばかりしているんだとしか思えない。そんなナントカ障害だとかナントカ症候群なんて、わがままな性格や努力不足の、ただの言い訳なんじゃないのか?

(2)専門家からの説明〜診断の方法

僕がようやく信じはじめたのは、診断してくれた医師と臨床心理士に会って、直接くわしい説明をしてもらってからだ。白いテーブルをはさんで、一方に僕と妻、反対側に男性の医師と女性の臨床心理士が座って、四人で話をした。相手が二人ともオフィス風の私服姿だったおかげで、僕は少し気が楽になった(僕は病院や医者が苦手で、白衣を見るとつい緊張してしまうクセがある)。最初に話を始めたのは、医師だった。

「ええと、まず、奥さんに診断をつけるもとになったのは、面接と、いくつかの心理テストの結果です。面接は、主に生育歴、つまりその人が生まれてからこれまでにどんなことがあったかについてのお話をうかがうことが中心です。ご両親やご家族との関係なども含めて、お話を聞きました。面接には、その人についての情報を知るだけでなく、話しかたやふるまい方、受け答えのしかたなどを観察することで、その人がどんな人かを見る目的もあります」

「はい」

「次に、心理テストです。これにはいろいろな種類があるんですが、とりあえず、今回おこなった中で一番説明しやすいものについてお話ししましょう。日本でごく一般的に使われている、成人向けの知能検査です。この場合の知能というのは、目的にあった行動をする能力や、合理的に思考する能力のことだと考えてください」

「はあ」

「この検査の場合、知能を二つの側面からはかり、それぞれのIQを出します、そして両方を総合したものが『全検査IQ』というわけです」

「つまり、知能指数ですよね？」

「そうです。けれど、人の能力は当然、IQの数値だけで判断できるものではありません。奥さんの場合も、今回の検査で出たIQ値そのものは、かなり高いレベルです。しかし、実際には社会生活や精神的な面でいろいろな困難があり、問題をかかえているからこそ、診断を求めてここに来られたわけです。ですから今回は、IQの数値よりも、検査の内容をくわしく分析した結果の方に、重要な意味があります」

ここで臨床心理士の女性が話をひきついだ。「この検査は全部で十一のセクションにわかれていて、その一つ一つで、違う分野の能力をはかります。実際のテストでは、検査者、つまり私の出す質問に言葉で答えたり、お一人で簡単なパズルのようなものをやっていただいたりしました。十一のセクションの中でどの分野が得意か、どの分野が不得意かを見ていくことで、その人の全体的な能力のプロフィールを見ることができます。セクションによって点数にどれだけバラつきがあったか、正解・不正解のパターン、答えの内容、かかった時間などもすべて結果に影響します。そうした情報を総合して、はじめてその人のパーソナリティー、つまり人格の全体像がわかってくるというわけです」

「はあ」

⑶診断の結果と、そこから読み取れたこと

「で、これが奥さんの検査結果です。ご本人も了解しておられますので、お見せします」

医者と臨床心理士はそう言って、僕の前に一枚の紙を出した。要は折れ線グラフなんだが、何だかずいぶんギザギザしている。

「左端に書いてあるのが、十一の分野の項目名です。上から下に並んでいます。それぞれの項目の結果は、となりの横線の上に記入されています。線には目盛りがふってあって、数字が書いてありますが、右の方に行けば行くほど、つまり数字が大きいほど、評価が高いということになります」

医師が言った。「このグラフは全体に右よりで、ご本人が全般的に高い能力を持った方だということがわかります。でも、ごらんの通り、大きく右に伸びている部分もあれば、ここや、ここのように、中央付近にきていたり、やや左寄りに落ち込んでいる部分もありますね。これは、分野によって能力にかなりのバラつきがあることを示しています」。なるほど、それでグラフがかなり左右にギザギザしているわけだ。

「この結果を、簡単にご説明しましょう」と臨床心理士。「まず、能力の高いものについて。言語に関する能力は、全般に非常に高いレベルです。特に知識や理解の項目の能力にすぐれていて、社会的常識に関する質問と、比喩《ひゆ》に関する質問で減点がある以外は全《すべ》て正解です」

妻が横から口をはさんだ。「夫が言うように、私には常識に欠ける部分があるってことが、ここに出てるわけよ」

「言語的な能力が高いにもかかわらず、比喩表現の理解に苦手な部分があることも特徴的ですね」

比喩、つまりもののたとえを理解するのが下手ってことは、つまり、言葉を文字通りに理解する傾向があるってことだろうか？　それなら確かに、大いに妻にあてはまってる。

「他にはこれ、算数の項目が極端にできていません。ご本人によると、もともと簡単な四則計算さえ非常に苦手なうえ、出題が読み上げ形式だったので、耳から聞いた音を頭の中で数字に置き換えることができなかった、とのことです」。妻は電話番号を聞いても正しく書き写すことさえできないぐらいだから、これは不思議でも何でもない。

「同じ理由からだと思われますが、数唱という項目でも特徴的な結果が出ました。私の言った一連の数字をそのまま繰り返す課題はほぼ完璧《かんぺき》にできたのですが、順番を逆にして言う課題では、ほとんど答えられませんでした。ご本人によると、ここでも、読み上げられた数字を、数字ではなく単なる音の連なりとして、歌の一節のようにそっくりそのまま記憶していたのだそうです。ですから、聞いたのと全く同じ一連の音を、同じリズムで再現することは簡単にできても、逆順で言うことはできなかった、とのことです。

次に、能力の低いものについて説明します。思考しつつ動作する能力、このテストの場合は、考えながら手先を使って作業をするわけですが、この能力は全体的に低めです。中でもここ、絵画完成や絵画配列、これはバラバラのコマにわかれた絵を並び替えて正しいストーリーを完成させるといった作業ですが、こういう項目で、能力の低さが目立っています。

積木を組み合わせて見本と同じ模様を再現する課題など、例外的に良くできた項目もありますが、ご本人によると、これは、見本の形を写真のように記憶する能力を使ったためではないかということです。確かに、その可能性はあると思います。普段の生活でも、地図を一枚の画像として記憶することで、知らない土地でもあまり迷わずに歩き回れるそうですし」

(4)そして、結果はこうなった

「結論としては、ですね」。臨床心理士の女性は紙から目を上げて、少し背筋を伸ばした。「奥さんは、全体としては普通以上の知的能力をお持ちですし、特に言語能力にはすぐれたものがあります。しかし、一部の能力には明らかな欠陥が見られます。注意力、思考しながら手を動かすといった複数の作業を同時に処理する能力、断片的な情報から全体のストーリー展開を見通す能力、ぱっと見せられた絵からとっさに状況を読み取る視覚情報処理能力などの点で、問題を抱えておられます」

僕はもう一度、ギザギザのグラフを見た。妻の能力にかなりバラつきがあることは、これだけ見てもわかる。だけど、それがどう「障害」と結びつくんだろう。そんな僕の考えを察したように、再び医師が話しはじめた。

「普通の人なら、分野ごとにそんなに大きく能力の差が出ることはまずありません。が、ご主人から見れば、その程度のバラつきでは大して問題はないように見えるかもしれませんね。能力が低い部分があるといっても、そんなに激しく落ち込んでいるわけでもありませんし。けれど私たちは、この結果には有意差があると判断しました。つまり、この能力の偏《かたよ》りは正常の範囲を超えている、障害を持っているということです。大きな理由の一つは、これが奥さんの生まれつきの能力をはかった結果ではないからです」

「それは、どういう意味ですか？」

「この、能力が低く出ている部分も、奥さんが今の年齢になるまでに懸命に努力した結果、やっと到達したレベルだからです。能力の足りない部分を、さまざまな方法でカバーしてきた結果、この程度のバラつきにおさまるようになったと考えられるからです」

「つまり、もとは能力のデコボコがもっと激しかったってことですか？」

「そうです。自閉症の人の脳は、生まれつき普通の人とは異なっていると考えられています。生まれつき欠けている部分の能力を、ご本人が非常に長い期間をかけて埋め合わせてきた結果がこれだということです」

臨床心理士の女性が言った。

「実際、大変な努力をしてこられたんだと思います。私たちは、精神科医と心理の専門職ですが、最初にご本人とお会いして、自閉症の疑いが強いのでぜひ診断を受けたいという相談をお受けした時は、正直言って二人とも半信半疑でした。生まじめで、多少硬直した言葉づかいをする方だという印象はありましたが、自閉症を思わせるようなところはほとんど感じられませんでした。私たちにさえ、それほど普通に見えたんです。

でも、心理テストをしてみると、このように明らかな偏りが出てきました。テストで能力が低かったのは、初めて見た絵の中で起きている状況を的確に読みとれないこと、ストーリーの展開を正しく把握できないこと、二つのことを同時にできないことなどでしたが、これらはいずれも自閉症の特徴です。また、生育歴を詳しくうかがっていくと、自閉症に特徴的な要素がさらにいくつも見つかりました。幼児期の記憶が非常に鮮明なこと自体もそうですし、音や光への過敏性が早い時期からあり、集団活動になじめず、同世代のグループに入れなかったことや、就職しても周囲とうまく折りあっていけず、実際に社会の中で仕事をこなすことができなかったこともそうです。そして今も、ご主人とうまく気持ちを通じ合わせることができないということで、悩んでおられますし」

続いて医師が言った。「自閉症の症状というのはかなり個人差があって、人それぞれにかなり異なる特徴を持っていますが、共通しているのは、社会性の問題、つまり社会に適応するのが難しいこと、コミュニケーションの問題、つまり人と言葉で交流したり、気持ちを伝えあうのが困難なこと、そして想像力の問題、つまり思考のしかたが柔軟性に欠け、特定のこと、例えばものの順序や言葉の使い方などに対してこだわりを持つということです。ともかく、この三つの要素がそろっている場合、私たちはその人が、自閉症スペクトラム障害のどこかに属すると判断しています」

確かに三つとも、見事に妻にあてはまっている。

「『スペクトラム』というのは、連続体という意味です。これは知的障害をともなった重い自閉症から高機能の自閉症、言語能力に問題のないアスペルガー症候群と呼ばれるものまで、自閉症に関係のあるいろいろな障害を、すべて一つの連続した障害の一部としてとらえた考え方です。奥さんの場合は知能も高いので、大変高機能だといえます。しかも言葉が堪能《たんのう》ですから、自閉症スペクトラム障害の中でもアスペルガー寄りの高機能自閉症、と言うのがおそらく一番近いでしょうね」。医師はそう言って、説明をしめくくった。

(5)じゃ、妻ってショーガイシャなの？

「つまり、この自閉症スペクトラム障害っていうのは、生まれつきのものってわけ？」。面談からの帰り道、僕は妻にたずねた。確かさっき、そんな説明を聞いたような気がする。

「そう。詳しいことはまだわかってないんだけど、脳のつくりやはたらきが、最初からどこか微妙に違ってるんだって。そのために、でこぼこした不均一な発達をするらしい。ちょっと前までは、育て方の問題で自閉症になるとか言われてた時代もあったんだけどね」

「へえ、そうなんだ。でもさ、生まれつき障害があるってことは……妻って、障害者なの？」

一瞬、怒り出すかと思ったけど、妻はあっさり笑い出した。「あのね、世の中にはいろんな障害を持った人がいるけど、ショーガイシャっていう人種があるわけじゃないの！　わかるでしょ？」

障害のある人、障害者。僕にとってはどっちでも大差ないように思えるんだけど。

「障害者っていうのは、重い障害を持っている人を区別して呼ぶために法律や行政なんかが使う言葉だけど、実際にはそういう人種なんていないんだよ！　障害のある人とない人の間に、何かはっきりした境界線があるわけでもない。何かの理由で診断を受けない限り、ナントカ障害っていう診断名はつかないわけだしね。障害がある人っていうのは、単に心身のどこかに不具合があるために、何らかの形で生活に支障をきたしてる人っていうだけのこと。少なくとも私の考えではそう。それにケガや病気で心身に不具合がある時なんかは、夫だって生活に支障があるから『障害がある』状態なわけだし、妊娠してる女性だって同じことだと思う」

うーん。きっちり線引きはできないんだって言いたいのはわかる気もするけど、何で妻がそんなに呼び方にこだわるのかは、よくわからない。

「でも、生まれつきの障害ってことは、治療法とかもないってことだろ？」

「ない。そもそも、これはビョーキじゃないんだから、治すようなものじゃないのは当たり前でしょ！　診断名がついたってことはね、私が、いわゆる普通の人とどこがどんな風に違うのか、その理由は何なのかが、やっとつかめてきたってこと。診断名がついたからって、何も変わったわけじゃない。私は私。わかる？」

「それはわかる」

「ただ、これからはね、世の中でやっていくために、もっとうまいやり方を工夫することだってできるようになるんじゃないか、とは思う。診断名がついたことで、自分がもっと楽に社会の中で生活していくには、どんな方向で努力すればいいのかの手がかりができた。例えば、どういう分野の本や資料を調べればいいか、とかね。それに、これからはもう、自分だけでがんばらなくてもいいんだ。必要な時には、今日会ったみたいな専門家の人たちに相談することもできるし、助けになってもらうように頼むこともできる。そうでしょ？」

そして、妻は僕をじっと見た。「一人でもっとうまくやっていくためには、夫もやっぱり、私の自閉系の特徴にあわせた工夫をする必要があると思う。私と生活してて感じる悩みとか、対処に困ることとか相談するために、夫にも専門家のサポートが必要だと思うんだけど、どう？　夫だって、ずっと一人で大変な思いをしてきたわけでしょ。お互い、自分だけでがんばるのはもうやめにしようよ」

実は、妻が依存症の専門医にかかった時、僕は同じことを言われた経験がある。「奥さんのお酒の問題は、こちらに任せてください。もう、そのことであなたが責任をとる必要は一切ありません」。そう言われたとき、心底肩の荷がおりた気がして、ものすごくほっとしたのを覚えている。

じゃ、これからは僕にも、妻の奇妙な言動やわけのわからない態度のことを相談する相手ができるってことか。妻との結婚生活でさんざんいろんなことがあったせいもあって、僕はあんまり先のことに期待しないようにしている。でも確かに、診断がついたからには、必要に応じて専門家にサポートを頼むこともできるだろうし、少しは二人の関係も楽になるかもしれない。そう考えると、確かに少し、希望が見えてきたような気がした。

第3章

異星人妻は、努力して人間のフリにはげむ

世の中に適応するために

診断がついたからって、いろんな問題が一気に解決したり、改善したなんてことはもちろんない。異星人だとバレる前も後も、妻の生まれもった本質は常にそこにあったわけだし、それ自体は、治療したり変えたりできるものじゃない。妻はあくまで妻そのものだ。人前で失礼なことを言ったり奇妙なふるまいをしてもまるで気づかず、しょっちゅう僕に冷や汗をかかせる。自分でも手に負えない気分の波と過敏な感覚のために、疲れやすくイライラしやすい。何かと気むずかしくて、一緒に暮らすのは結構大変。でもなぜか、僕には熱烈になついてる。とてつもなくオリジナルでオンリーワンな存在、それが妻だ。

一方、診断のおかげで大きく変わったことはたくさんある。何たって今では、僕らの抱えるややこしい問題に手分けして力を貸してくれる人たちがいる（僕らは「異星人《エイリアン》サポートチーム」と呼んでいるけど、これについては後で詳しく説明する)。相談相手になったり、問題解決に協力してくれたりする人たちの存在ができたのは、本当にありがたいことだ。でも、変化の多くは、妻自身がきっかけを作り、起こしてきたものだ。診断を受けてからは僕や、協力してくれるいろんな人たちにも支えられて、こつこつ努力してきた成果なんだと思う。

診断は、妻という異星人の存在の謎《なぞ》をいくらか解き明かしてくれた。具体的にどう対処すればいいのかについて、初めて本物の手がかりができた。でもこれは、モトクロスでいうなら、やっと正しいスタートラインを見つけたってだけのことだ。この先、コースを駆け抜けながらたくさんのアップダウンをこなし、ジャンプをし、でこぼこの荒れた大地でどれだけいい走りができるかは、僕ら自身にかかっている。

僕の場合、まず、妻の自閉系の特性がどんなものかを専門家にじっくり教えてもらった。おかげで、これまで理解不能だった妻の言動が、かなり解読可能になった。決まったパターンをくり返したがる行動や妙なこだわりにしても、無理に止《や》めさせたり怒ったりするより、妻のペースにこっちが合わせる方が現実的だし、うまくいくことが多い。この他にも、異星人妻独特の問題には、僕がうまく扱えば、お互いもっと楽にやっていける部分がたくさんあるらしいってことが、わかってきた。

妻の方は、もっとずっと積極的だった。もとからアイデアやひらめきが豊富だし、何であれ工夫するのが得意なたちだ。自分が自閉系だとわかったとたん、大量の関連情報を集めてきて分析し、自分の弱点をカバーするための、簡単で効果的な方法をどんどん考え出すようになった。こうして妻が、ささやかだけど実用的な工夫を日々積み重ねてきたおかげで、僕ら夫婦の関係や日常の生活も、診断前に比べてずいぶん居心地よく、快適なものに変わってきていると思う。

ここからは、僕らがこれまでに開発してきた、地球人夫と異星人妻が快適に共同生活するコツみたいなものを中心に、話していこう。

異星人《エイリアン》サポートチーム

妻が自閉症スペクトラム障害と診断されて一番変わったのは、もしかしたら僕の考え方かもしれない。これまでは、妻の奇妙なこだわりや突然の怒りも、依存症やなんかの問題を抱えて長年、精神科に通っていることも、二人の関係が何度も壊れかけたことも、すべては妻の性格と、それをうまく受けとめられない僕自身に問題があるせいだと思っていた。相談できる相手もいなかったから、僕は妻に関する悩みをずっと一人で抱え込んでいるしかなかった。

何たって、友達に打ちあけるには深刻すぎる話題だし、親なんて問題外。妻の担当医に時々話を聞いてもらうことはあったけど、先生は精神科医といっても依存症が専門だから、異星人妻の正体なんて見抜けるはずもなく、僕をなぐさめつつも、妻の不可解な部分については、一緒に首をひねることしかできなかった。診断がついたおかげでやっと、妻の本当の問題が何なのかわかってくれる人と話ができるようになったんだ。

今、僕と妻には必要に応じていろんな形で協力してくれる人たちがいる。困った時には、頼めばきっと誰かが力を貸してくれると思うと、実に心強い。僕らはこの人たちをひとまとめにして「異星人《エイリアン》サポートチーム」と呼んでいるけれど、これは別に何かの組織でもないし、全員がお互いを知っているわけでもない。しかも、この中に自閉症の専門家は一人もいない（何たってここは地方都市で、精神科医も心理カウンセラーも数が少ない。自閉系の、それも大人を診てくれる人なんて、いないいんだよ）。

それでも、僕らの事情をある程度わかったうえで、できる範囲の援助をしてくれる人たちの存在はものすごくありがたい。これまでは、僕も妻もそれぞれに一人で悩んでいた。自分を責めては落ち込み、相手を責めてはケンカする。ずっとその繰り返しだった。今の僕らは、悩みごとや日常生活のトラブルに関しては、公的機関の「こころの相談室」みたいなところでお世話になっている。担当者は資格を持った心理カウンセラーで、自閉系に特別詳しいってわけじゃないけど、カウンセリングに関してはベテランだ。普通、僕らは別々に面接の時間を取ってもらい、個人的に話をしている。

この相談室は医療機関じゃないので、妻の医療面を受け持ってくれているのは、以前から通っている依存症専門病院の、精神科の担当医だ。お酒の問題はもうないけど、ウツ症状や不眠などなど、いろんな精神的不調は今もある。ここでは、妻の状態をずっと診てくれている医師が定期的に精神状態や体調を観察してくれるし、本人とも相談しながら、調子の変化にあわせて薬をこまめに調節し、心身のコンディションをなるべくいい状態に保てるよう、妻を助けてくれている。

念のためにいうけど、別に自閉系だから精神的な病気にかかる確率が高くなるってわけじゃない。ただ、成長するにつれ（異星人妻のように診断もされず、適切な配慮を受けられずに人生のほとんどをすごしてきた場合は特に）、ウツや不安といった感情の障害を起こす可能性が高くなることはどうやら事実らしくて、こういう合併症状は、「二次的障害」と呼ばれている。

結婚後じきに、妻の気分にはかなり波があって、ウツっぽい時が多いことには僕も気がついた。でも、なぜそれが医者にかかるほどのことなのかは、まるでわからなかった。気分が落ち込むなんて誰にでもあることだし、そんなの、単なる気の持ちようなんじゃないか？　気が晴れないっていうだけの理由で、医者にかかったり薬を飲んだりするなんて、すごく変な気がした。僕は医者が大の苦手だ。会社の健康診断さえ大嫌いで、普段の血圧はいたって正常なのに、診断の時は毎回、緊張とストレスで数値がはね上がってしまう。おかげで、診断結果をもらう時は毎度のように、医者から高血圧に注意するよう説教される始末。

僕の場合、落ち込んだりストレスがたまったりしても、スポーツで思いっ切り体を動かすだけで気分が吹っ切れて元気になる。モトクロスの練習で一日中山の中を泥だらけになって走り回れば、ユーウツなんてすっかり忘れてリフレッシュ、心も軽く最高にゴキゲンだ。妻のように、重くなったり軽くなったりするウツ気分をずっと抱えて生活しているのがどんな感じかなんて、想像もつかない。ただ、妻のウツが二次的障害の一種だと知ってからは、少なくともそれが単なる一時的な落ち込みとか、気の持ちようとは違うものだってことは理解できるようになった。

「金属疲労みたいなもんだって考えてみてよ」。僕のために、妻は技術的な問題に置き換えて説明してくれる。「自転車のフレームなんかでもそうだけど、長いこと金属部品を使いこむと、くり返し力が加わることで、目に見えないぐらい細かいヒビがたくさんたくさんできてくる。そうして強度が下がって弱くなった状態が金属疲労だよね。最後には、この疲労が原因で金属部品はバキッと大きく壊れてしまう。二次的障害を起こすって、まあ、そんな感じだと思ってよ」

自分が自閉系の異星人だと気づかないで生きるってことは、周囲の人とどこか違ってる、何かヘンだとずっと感じているのに、理由がわからないまま人生を過ごすってことだ。きっと、不安と緊張で気の休まらない年月がずっと続くんだろう。しかも自閉系の特徴は社会性のなさだ。人との関わりがうまくいかず、人間関係や社会生活で失敗を繰り返す。なのに理由は謎《なぞ》のまま。これじゃ、日常生活がストレスだらけになるのも無理はない。そんな風に人生を過ごしていれば、精神的な疲労がじわじわとたまっていくのも当然だろう。そしてついには、心の健康が壊れることもある。

長いこと精神の疲れをためこみ、心のエネルギーをどんどん消耗していったら、どんな人だって、ウツや不安といった感情の障害や、その他の精神的な症状に悩まされるようになっても不思議じゃない。しかも二次的障害の場合、そもそもの原因の大部分が、自閉系という生まれついての性質からきているわけだから、そこのところは変えようがない。つまり二次的障害として起きてしまった精神的不調は、完全に消し去ることを期待するより、コントロールしながらうまく付き合っていこうと考える方がずっと現実的なわけ。だから精神科医のような専門家に協力してもらい、必要なら薬の力も使って、じっくり取り組んでいくのが一番いい方法なんだ。最初に妻が精神科に行きたいと言ったとき、僕がつい「そんなの不健康だ」なんていう反応をしてしまったのは、妻が自分の気分を良くするために、医者や薬の力に頼りたがっているんだと思ったからだ。でも、実はそれは誤解だった。自分の心身をいい状態に保つのはあくまで自分自身の責任だってことを、妻はきちんと考えている。一流のスポーツ選手だって、コンディションを整えたり、能力をアップさせるためのトレーニングをする時は、プロのコーチを雇うのが当たり前。妻だって同じことで、心のコンディションをよりよく調整するために、精神のプロである精神科医のサポートを受けているだけだ。そんな風に考えられるようになってからは、僕が感じていた精神科の医者や薬に対する抵抗感はずいぶん減り、むしろ妻が専門家の助けを上手に利用していることを、賢いやり方だと思えるようになった。

他にも僕らのサポートチームには、妻が「常識チェッカー」と呼んでいる人たちがいる。これは主に妻のメル友で、妻が異星人だってことは知っているけど、ほとんどが特別な専門知識なんて持っていない普通の人たちだ。診断のおかげで、妻は自分の弱点が、周囲の状況、社会的なルール、相手の言葉の裏にある意図といったものを正しく理解する能力に欠けていることだと気がついた。そこで対人関係での失敗を減らす工夫として、自分の考えだけに頼らず、積極的に他人の意見も聞いてから行動するようにしたわけ。「常識チェッカー」は文字通り、妻の考えが常識の範囲内かどうかの判断を助けてくれる人たちだ。

妻が相談する内容は、ほとんどがごく日常的なことだ。結婚式に招かれた時に、目立ちすぎず、きちんと見える服装はどんなものか。ご近所だけど全然親しくないお宅のお通夜には行くべきか。僕の親とする会話には、どんな話題が無難なのか。でも、たまには、妻が誰かを怒らせてしまうといった深刻なトラブルが起きて、自分ではどうしても理由がわからず、相手にストレートに聞いても教えてもらえない、といった難しい事態について相談することもある。

こういう時、妻は問題の相手が誰かといった具体的な情報は伏せたまま、可能な限り詳しい事情をチェッカーに説明する。何が起こったのかある程度見当がつくトラブルの場合は、異星人向きに事態を「翻訳」「解説」してもらう。どういう失敗や誤解がどんなところで起きた可能性があるのか教えてもらい、考えられる対処法についてアドバイスをしてもらうこともできる。もちろん、こういうデリケートな問題になればなるほど相談できる相手は限られるけど、幸いこれまでのところ、どんなややこしい問題でも、必ず誰か相談できる人が見つかったそうだ。異星人妻にとって、僕らの社会でどうふるまうべきか、人と上手に付き合うにはどうしたらいいかってことは、恐ろしく複雑で謎めいていて、三十代も半ばを過ぎた今でさえ、理解不能な部分が多いんだ。

「でも今は、困ったり迷ったりした時はひとりで悩んでないで誰かに質問すればいいんだってことがわかったから、それだけでもずっと気が楽だし、不安も減ったよ」

自閉系の場合、何かわからないことがあって混乱したり困っていたりしても、それを表情や態度でうまくあらわすことが難しいから、周囲の人はなかなか気づかない。しかも自閉系の特徴として、疑問や悩みがある時、誰かに質問することも解決法の一つだっていう発想そのものが欠けてることもよくあるらしい。とても能力の高い人でさえ、言葉で教えられない限り、そんな方法がまるで頭に浮かばない場合もあるようなんだ。まあこれは、コミュニケーション能力の欠陥とも関係しているのかもしれない。え、なぜかって？

たとえ「わからないことがあれば質問するように」と教えられたところで、それだけじゃあまりにも漠然としていて、具体的にどうしたらいいのかがわかりづらいからだ。「誰に、いつ、何て質問したらいいのか」を正しく判断するためには、雰囲気を読んだり、常識的に判断したりして、まず、適当な時と場所を選ぶ必要がある（早朝や深夜など妙な時間はダメとか、相手に都合のいい時間でなきゃいけないとかね。周囲の人からはちょっと離れたところで切り出す方がいいか、二人きりで話せる場所を使うか、なんてことも考えておく必要がある）。肝心の、質問する相手を選ぶにしても、自分に協力的な人か、質問の答えを知っていそうな人か、信頼できて秘密を守れる人か、などど、実にたくさんのことを適切に判断できないと、うまく質問することはできない。

そうだな、海外旅行に行って、道に迷ってしまった時にちょっと似ているかも。道を聞く以前に、まず「あの〜、ちょっとすいません」って、誰かを呼びとめなきゃならない。けどさ、外国語で何て声かけるんだよ？　なんて焦《あせ》りながら、通り過ぎる人を観察する。でも、みんな早足で通り過ぎていくし、どの人が親切そうかもよくわからない。言葉が通じるかどうかも不安……そういう場面と似た感じだと思ってほしい。

「わからないことは、人に質問する」とだけ聞けば、実に簡単そうな気がするけど、実際は決まったルールもないし、臨機応変な態度と、その場の状況や相手の人を判断する能力が必要だ。どれもこれも、自閉系にとっては苦手なことばかり。当然、異星人妻も同じだから、積極的に人に質問しようと決心するのは、大変に勇気のいることだったんだ。

妻の場合、「常識チェッカー」を頼めるぐらい信頼できて、親身になって質問を聞いてくれるメル友が何人もいたことは、本当に幸運だったと思う。妻は今、出身地でもなく親戚《しんせき》もいない地方都市に住んでるってこともあり、普段、友達に直接会う機会はほとんどない。友人たちとは、ほとんどEメールのやりとりだけでつきあっている。中には最初からメル友として知り合ったので、実際に会ったことがない人さえいる。でも妻には、かえってEメールでの付き合いの方が向いてるみたいだ。

妻は表情が乏しくて、いつも何だか不機嫌そうな顔をしていることが多いし、声の大きさや言葉づかいを適切に調節するのが難しいために唐突な感じを与えることも多いから、直接人と接すると「無愛想」「態度が悪い」といった誤解をされやすい。その点、メールは文字だけだから、そういうことを一切気にせず、気楽にやりとりできるんだ。その分不安や緊張も少なく、リラックスしてやりとりを楽しんでる様子なのは見てわかる。メールは、すごく自閉系向きのツールなんだろう。

「でもさ、メールでもやっぱりコミュニケーションには違いないだろ？　すべてを文字通りに解釈してるとヤバイんじゃないの。そのへんはどうやってクリアしてる？」。異星人妻は、言葉を文字通りに解釈することが多く、行間を読むってことができにくい。

「メールなら何度も読み返すことができるし、じっくり考えてから返信することもできるでしょ。会って会話する時みたいに、瞬時に判断したり、即答したりしなくていいから大丈夫なの」

なるほど。確かに妻の場合、大量に読書しているせいか、会話では言葉の裏なんかほとんど読めないのに、文章なら直接書かれていないことまで読み取ることができる。しかも、その能力はかなりいいようだ。Eメールのやりとりから、相手の意図や性格、好みまでかなり詳しく知ることができる。誰が信頼できる人か、相手の本質を見抜く目もかなり確からしくて、とりあえず妻はこれまで、Eメールで人物判断を大きく誤ってトラブルになったことはないそうだ。

「常識チェッカー」みたいな大事な役割をメル友に頼むなんて、奇妙すぎると思う人もいるかもしれない。でもこんなわけだから、妻がじっくり考えて「常識チェッカー」に選んだ人たちのことは、僕も信頼することにしている。時間も手間もかかるのに、妻の頼みに応《こた》えて助けになってくれる人たちには、本当に感謝してる。特に、女性同士じゃなくちゃわからないような問題については、僕がそばについていても助けにはなれないから、女性のチェッカーの存在は実にありがたいし、心強い。

情報のチカラ

異星人妻には地球人離れした部分がいろいろある。ヘンだったり不便だったりするところも多いけど、実は僕なんか絶対にかなわないぐらい、すごい能力も秘められている。中でもダントツにすごいのが、情報収集能力。いざ何かについて知りたい、知る必要があるとなったら、インターネットに近所の図書館、新聞にテレビと、手近にあるものをフル活用して、驚くほどの短期間で、大量の詳しい情報を集めてしまう。

それだけでもびっくりするけど、妻がもっとすごいのは、単にたくさんの情報を収集するだけじゃなく、情報の鮮度や内容が十分かどうか、信頼性があるかどうかをちゃんと判断して、質のいいものだけ選んで集めてくること。そして、集めてきた情報はきちんと分類し整理して、いつでも必要な時にさっと取り出して使えるようにしてあること。つまり、妻の集めた情報は実際に役立つ実用品だってことなんだよ。

「あのね、また聞いてもいい？」

「何を？」

「私……私ってさ、大学出て就職してもまともに職場でやっていけなかったでしょ。結婚しても、お酒にはまったりウツだったり、壊れてた時期が長かった。今でも主婦業はヘタだし、引きこもりがちだし、まともに外では働けない。けど……」

「けど？」

「考えてみたらさ、お酒の問題に向き合って解決したのって、自分なんだよね？　専門病院選んで、依存症のことしっかり自分でも勉強して、医者に助けてもらいながら治療して、ちゃんとお酒やめた」

「そうだよ」

「社会でうまくやっていけなくて、精神的に参っちゃうほど苦しい理由は何なのかを探して、本や資料をたくさん調べて、実は自閉系だからじゃないかって可能性に気がついたのも、自分なんだよね？　インターネットで見つけたいろんな人に一生懸命メールで無理なお願いして、何とか大人を診断してくれる医者にたどりついたのも、今みたいなサポート体制ができるきっかけを作ったのも、自分があきらめずに情報集めて、たくさん努力したからなんだよね？」

「そうだよ」

「Ｗｅｂサイトを通して偶然知り合いができて、少しずつだけどモトクロス関係の翻訳の仕事とか回してもらえるようになったのも、そもそもは独学でパソコンの使い方覚えて、ホームページの作り方も自分で勉強して、趣味のサイトを立ち上げたから、きっかけができたんだよね？」

「そうだよ！」

「技術文書の英文特許を翻訳する今の内職だって、仕事探してるから何かあったら教えてって、自分からいろんな知り合いに頼んだから、見つけることができたんだよね？　翻訳能力のテストに通ってあの仕事もらえたのも、私の英語力はちゃんと使えるって、向こうが評価してくれたからなんだよね？」

「そうだよ！　全部、妻が自分の力でやったんだよ！　だからいつも言ってるじゃないか。『偉いよ』『よくがんばったね』って。いつもほめてるだろ？」。実際、何度同じセリフを繰り返してきたことか。

「だって、確認したかったんだもん……別に減るもんじゃなし、何度聞いたっていいでしょ！」

減るんだよ！　僕の忍耐はすり減るんだって！　「確認したい気持ちはわかるけど、

妻、しつこすぎ」。でも、それが相手をイライラさせてるってことに全然気づいてないあたりが、いかにも妻なんだけどね。

いま、僕だって、妻の気持ちはわかってるつもりだ。そもそも自閉系には、地球人の社会で自分が置かれている状況や、先の見通しがつかみにくい。そのせいで常に不安だから、同じことを何度も何度も確認したり、同じ質問を繰り返すのが好きだ。でも今の妻にはそれ以上に、自分の性能確認と品質保証を切実に必要とするだけの事情がある。

何たって、子どもの頃から学校になじめず、仲間はずれやいじめにあったことから、職場でうまくやれなかったこと、僕との結婚生活がめちゃくちゃだったことまで、とにかく妻は挫折《ざせつ》の多い人生を過ごしてきた。しかも、それが実は自分が異星人だからだと判明するまでは、すべてはひたすら妻の態度の悪さと性格の問題だと思われてきた。僕でさえそう思っていたし、妻自身も、ずっと自分の中の「何か」が悪いせいだと感じて、思い悩んできた。

当然、これまでの妻の自己評価は常に、異常に低かった。自分はダメなヤツ、何をしてもうまくいかないヤツだとしか思えなかった。あまりにも長くそう思い続けていたもんだから、すっかりウツ気分にとりつかれ、今ではウツと離れられなくなってるぐらいだ。妻の中に時々きらっと光るいい面を見つけて、励まし評価してくれた人は、数えるほどしかいなかった。

診断がついてやっと、決して頭が悪くもないし意地悪な性格でもないのに、なぜ妻が人生で失敗することが多かったのか、ある意味、説明がついた。もちろん、診断は責任逃れの口実にはならないけれど、もしもっと早くわかっていたなら、こんなに挫折ばかり繰り返してはいなかったかもしれない。そんなわけで、今の妻は自分をもう一度、もっとプラスの方向に評価し直そうとしてるところなんだ。

他の地球人と違っていることで余分な苦労もしたけど、それでも自分にだって、ちゃんとやりとげてきたことはいくつもある。自分にだって、風変わりだけどいろんないい面があるし、能力のすぐれた部分だってある。そうしたことを一つ一つ確認し、納得し、ありのままの自分を認め、自信を持とうと努力してる。僕にしつこく質問するのは、そのためのプロセスの一部なんだと思う。

本人にはまだあまり確信が持てないようだけど、実際、妻には独特の良さがたくさんある。すぐれた情報収集能力もその一つだ。僕が調べもので困っていると、たいてい妻があっという間に見つけ出してくれる。妻がこれまでの人生を何とか乗り切って、やっと診断を受け、僕ら二人が今いるところまでたどりつけたのだって、妻が収集した大量の情報の中から、役に立つものを的確に選び、分析し、有効に活用する能力を発揮した結果だ。

「収集」好きで、何かを集めることにこだわるのは、自閉系によくある特徴だ。コレクションの対象はモノだったり、情報だったりする。情報のコレクションというのは、例えば鉄道おたくみたいなものだ。車両についている型番の読み解き方から、今では珍しい古い型式の列車はどこで走っているかとか、全国の駅弁はどこで買えるかってことまで、鉄道に関するあらゆる情報を収集し、大量の知識を持っている。

理数系にはこういうこだわりの趣味を持ち、うんちくを語り出したら止まらないような人間は珍しくない。技術者である僕の職場にもけっこういる。でも、彼らの情報コレクションはあくまでも趣味にすぎないので、何かの役に立てることを目的に集めてるわけじゃない。一方、妻の集める情報はもっと範囲が広くて、特定の分野にこだわってもいない。しかも、集めた情報を実際に、自分の役に立つように活用することができるってところが、決定的に違う。

結婚する前から、妻の知識の幅広さがすごいってことは知っていた。どんな話題にもついてくるし、ちゃんと自分なりに理解してしゃべってる。結婚したばかりの頃は、妻の知らないことって何もないんじゃないかという気さえして、ちょっと気味悪かったぐらいだ。

「妻ってさ、なんでそんなに情報集めが好きなわけ？　直接興味ないことでも、すぐに役立ちそうもないことでも、とりあえず情報収集してるだろ？」

「さあ……単に好奇心が強いってこともあるけど、基本的にまわりの状況とか地球人の考え方がよくわからなくて、いつもどこか不安な感じだからじゃない？　データが多ければ多いほど、状況を理解したり先を予測したりしやすくなるでしょ。ほら、天気予報みたいに。情報がたくさんあれば、それだけ世の中のものごとを理解しやすくなるから、少しは不安が減って安心できるんじゃない？」

なるほど、自己分析としてはなかなかいいとこを突いてる。妻にとって情報は、異星人として地球人の異文化に何とか適応して生き抜くための、まさにサバイバル・ツールってわけだ。もっとも、地球人の心理と行動に関する知識については、集めた情報の量と、実際にそれを使ってどれだけ人間関係をこなせるかの間に、まだかなりのギャップがあるみたいだけど……

妻に診断がついた時、これは生まれついての脳のつくりやはたらきの問題で、何か治療法があるわけじゃないと説明された。だから、僕は診断をきっかけに妻が変わることは期待しなかったんだ。だって、生まれつきの特徴だっていうなら、理由がわかっただけでそう簡単に変えられるようなもんじゃない。そうだろ？　妻に変化を期待するのは、無理な要求だと思ったんだよ。

でも妻自身は、診断こそ人生をいい方向に変えるチャンスだと決心したらしい。自分が異星人だってことは変えられないけど、自分自身の扱い方のコツをつかんで、人生をもっとうまくやっていくための工夫はきっとできるはずだ、と断言して、猛然と大量の資料を集めはじめた。調べあげたのは自閉症関係のことだけじゃない。社会心理学や人間行動学といった、僕には見当もつかないような分野のことも研究対象になった。

「なぜかっていうとね、これまで、自分が異星人だってことがわかってなかったから。一般的な地球人は、自分とはまるで別のやり方でものを考えたり、感じたりしてるんだってことに、そもそも気づいてなかったの。でも、他の人たちのものの見方や感じ方が、自分とは全然違うんだとしたら……人間の心理や、社会の中で人間がどうお互いに関わっているかっていうようなことについて、なるべく最新の知識をたくさん仕入れて理解することが絶対必要だし、役に立つと思うんだ」

妻はそういって、本格的なぶ厚い研究書から、学者が一般向けに書いた対人関係や夫婦関係の最新ハウツー本の類にいたるまで徹底して読みあさり、僕にも役に立ちそうなことを見つけると、わかりやすく説明してくれた。確かに、妻への対処法のヒントになるものがたくさんあった。

そしてある日、本当の大発見にぶち当たった。僕が長年悩まされてきた、妻のひどい怒りっぽさについての驚くべき事実。

「あのね、わかったんだよ！　この研究によると、怒りは恐怖の表現でもあるんだって」

ウ、ウソだろ～！

妻の実に傍若無人な、はた迷惑な怒り方。僕にはまるきりわからない理由で突然不機嫌になり、やたらカッカしたり、めちゃくちゃな八つ当たりをしたりすること。何て自分勝手な態度だ、何て性格が悪いんだといつも僕をあきれさせ、うんざりさせてきた、妻のいちばん厄介な欠点。

あの怒り癖が、本当は恐怖のあらわれ？　僕にとっては、その二つの感情はあまりにも違いすぎていて、とても納得できなかった。けれど、そう言われて考えてみれば確かに、妻が急に意味もなく不機嫌になったり、どうでもいいようなことでイライラしたり、下らない理由で怒りだしたりするのは、たいてい予定が急に変わったり、普段と違う出来事があったり、物事が予想外の展開を見せたり、意外な結果に終わったりした時。つまり、自分の予測とは違う事態に直面した時だ。

決まったパターンが乱された時に自閉症の人が見せる反応としてよく知られているのは、パニック発作だ。見るからに混乱して、叫んだり暴れたりする。予想と違う現実に直面すると、たとえそれ自体は小さなことでも、それをきっかけにあらゆることが不確実で予測不能な、つかみどころのないものに思えてきて、ひどく不安で恐ろしい感じに襲われるために、パニックを起こす。

「『コップの中の嵐《あらし》』って、全然別の意味のことわざなんだけど。自閉系の人の状態って、たとえれば、コップの中に嵐を見つけた時、それが果たして小さなコップの中だけで起きてる嵐なのか、それともそのコップは庭のテーブルの上にあって、庭じゅうで嵐が吹き荒れているのか、その違いがわからないってこと。見えるのは小さなコップの中のことに限られてて、周囲の状況、つまりコップの外の様子は見えてないから、全体の状況がわからないわけ。コップの外では何が起きてるんだろう？　コップの中の嵐が実は周囲で刻々と巨大化していて、今にも地球全体を覆《おお》うような規模になったらどうしよう？　これが世界の破滅の始まりだったらどうしよう？　って、不安がどんどん現実味を帯びてくる。実際にそこにあるのは、小さなコップの中の、ミニチュアの嵐だけだとしてもね。この説明って、わかる？」

深い霧の中にいるように、視界が悪い。心の中では、不安と恐怖の黒いカタマリがどんどん大きくなっていく。それが限界を超えると、心は何とか押しつぶされないように、防衛のための戦いをはじめる。その姿こそパニック発作だ、というのが妻の説。

「その説明、感じとしてはわかるんだけどさ……世界規模の嵐って、何かの映画のストーリーからパクってない？　確かいきなり巨大嵐が世界中を襲って、そのままいきなり地球が氷河期に突入して、北半球が氷づけになるっていう無茶苦茶なやつ……」

「タイトルは『デイ・アフター・トゥモロー』。マンハッタンが超低温で凍りついて、そこに取り残された息子を気象学者のお父さんが北極探検家みたいなスタイルで助けに行くんだけど、その間、息子はニューヨーク市立図書館にいて、生き延びるためとはいえ、貴重な古文書とか蔵書とか、思い切り暖炉で燃やしまくってた。いくら映画の中だからってあれはひどい。ホント駄作……って、そういう問題じゃないでしょうが！　嵐っていうのはたとえ話なんだから、筋書きぐらい借りたっていいの！」

駄作だと思ったのなら、何でそこまで詳しく覚えてるわけ？　まったく、妻の雑学知識の詳しさにはあきれるよ。

ま、それはともかく。

自閉系の心は、ある意味すごく合理的だ。証拠がないなら、信じられない。以上、証明終わり。でも、現実の世の中には確実なものなんてあまりにも少ないから、不安になりやすい。何でもない小さな変化でさえ、世界崩壊の始まりぐらいに大きく感じられたりする。妻の場合、そんなささいな変化に反応して自分の中で不安や恐怖が起こってるなんて思いもよらなかったから、原因不明の強い動揺を怒りだと思い込み、理由は手当たり次第、適当に目についたものを無意識にこじつけていたらしい。道理で、妻がしょっちゅう怒っている理由は、僕から見ればほとんどが何の意味もないことばかりだったわけだ。実際、意味なんかなかったんだから。ただ、強い不安を感じてパニック発作を起こすかわりに、それを怒り発作の形で噴きだしていたっていうことらしい。

「私って、子どもの頃からかんしゃくのきつい子だと思われてたし、自分でも、すぐイライラする性格だと思ってた。『瞬間湯沸かし器』って、自分にあだ名つけてたこともあるぐらい。でもどうやら、そういう時って本当は、パニック発作を起こしてたみたいだね」

それでも、不安が怒りに転換するなんてイマイチ信じがたくて、僕はこの話をカウンセラーにしてみた。

「そうですね、不安と怒りは表と裏のようにあわさった感情ですから、理由のわからない恐怖を怒りに転化していたというのは、あり得ることです。これまでの経験から、たとえば、いじめから自分を守る必要があった、というようなことから、無意識にあみだされた、一種の防衛術なのかもしれません。怒りを感じると、ヒトは本能的に戦う態勢に入ります。アドレナリンが出て全身に力がみなぎり、怖さを忘れます。スポーツをされているんですから、どんな感じかわかりますよね？ さあ、勝負だ！ という時は、気合が入って、普段出せないような力が出せる、そういう状態です」

つまり、恐怖に脅《おび》えてちぢこまってるより、怒る方がはるかにパワフルになれるってわけだ。カウンセラーによると、そうやって恐怖を怒りに変えることは、ある時期には実際に自分を守るために必要だったし有効だったのかもしれないが、今では無意識の癖のようなものになっているのだろう、ということだった。本人が自分の力でそのパターンを発見できたのなら、意識して変えていくこともきっとできるだろう、とのことで、そのへんの手助けは、カウンセラーがしてくれることになった。

やれやれだ。一応は納得できたし、あのひどい怒り癖が本当にいくらかでも改善されるとしたら、実にありがたい話だ。そんなに、すぐに変化なんて現れないだろうけど……少しぐらい、期待してみてもいいかもしれない。それに、すぐ怒る本当の理由が不安だとわかったからには、僕も普段から、妻が不確実さや変化に弱いってことに注意して、日常生活を工夫すればいいわけだし。

それにしても、妻のあきらめない性格と情報収集能力は、何とまあ、すごいことまで見つけ出してしまったもんだ。

異星人妻の驚き人脈

ある日、妻が言った。

「ねえ夫、金曜日の朝から私、東京に行くんだけど。夫も土曜日には来るよね？」

「はぁ？」。妻が？　一人で？　東京へ行く？

「やだな、今週末は東京モトフェスだよ！」。モトフェスは、『モーターサイクルスポーツフェスティバル』の通称。ライダーやファンのためのお祭りイベントという以上に、スポーツ競技としてのオートバイについてもっと一般に知ってもらい、その魅力を広めよう、という目的がある。

さまざまな種類のモーターサイクル競技を紹介するコーナーや、各種競技用マシンの来年度モデルの展示・試乗コーナーや、ショッピングエリアなんかがある。ここには全国の競技用品専門店や部品メーカーのブースがずらっと並び、レース用ウェアや競技用マシン専用の特殊パーツといった、普通のバイク屋にはなかなか売ってないモノが豊富に揃《そろ》う。名車の精巧なミニチュアからおもちゃ類、ゲームソフトといった雑多な関連商品を扱うブースも多くて、家族で楽しめる。毎回、世界的に有名な選手を招いてのデモンストレーション走行やサイン会といった催しもある。

「そういえばそうか。でも、何で妻が初日から一人でモトフェスに行くわけ？」

僕と妻には、共通の趣味はほとんどない。オートバイも自転車レースも僕だけの趣味で、妻は典型的なインドア派。自分ではアウトドア系のスポーツなんか全然やらない。

「一人で行くんじゃないよ。ブルースカイのサイトに以前モトクロスビデオの山口さんからメールがきて、連絡とりあってるうちに時々翻訳とか頼まれるようになったのは知ってるでしょ？　その関係で。今年はモトクロスの世界チャンピオンもゲストで来るから、モトフェスで取材の通訳してみないかって誘われたの」

ブルースカイというのは、妻が数年前から僕のスポーツライフをネタに運営している英語のWebサイトだ。週末の練習風景やアマチュア大会に参加した時の様子なんかを、画像と文で紹介している。本当は「ナッシン・バット・ザ・ブルースカイ」というタイトルで、僕が休日になるとひたすらアウトドアスポーツに没頭していて、屋根の下にいたがらないもんだから、頭の上には「空だけしかない」っていう意味のジヨークなんだそうだ。

妻がこれを始めた理由は、有名な日本人スポーツ選手の英語サイトはいくらでもあるけど、日本のごく普通のサラリーマンがどんな風に休日のスポーツを楽しんでいるのか、日本で一般の人が参加するスポーツイベントとはどんな雰囲気なのか、そういったことを英語で世界に向けて紹介するサイトは珍しい。だからきっと面白い情報発信源になるはずだ、というもの。最初は僕も半信半疑だったけど、実際、けっこう面白く受け止められたらしい。僕らのところには世界中から同じようなアウトドアスポーツ好きの連中や、アマチュアのモトクロスライダーたちからメールが舞い込むようになった。

中でもモトクロスに関しては、日本のサンデーライダーの生活ぶりやアマチュアのレースの様子を初めて知ることができ、とても興味深く読んでいる、といった感想が多く寄せられる。最近では日本選手もアメリカやヨーロッパに出ていって、世界レベルのレースにもチャレンジしているのに、彼らを生み出した日本国内のモトクロス事情については、英語の情報がなかったため、これまでほとんど海外では謎《なぞ》だったらしい。世界のあちこちから色々な質問が送られてくるし、情報交換の求めもよくある。おかげで、僕らはヨーロッパやアメリカ以外にもアラブやオーストラリアや香港《ホンコン》など、いろんな国に知り合いができた。

それにしても、山口さん？

「あの、ビデオプロデューサーの山口光さんと妻が、取材の仕事？」

「そう」

山口光と言えば、モトクロス関係者の間ではよく知られた存在だ。この僕も、モトクロス初心者の頃はこの人の作った入門ビデオを見て練習した一人だ（今でも、基本を知るならこの一本は外せないと言われているほどの名作だ）。毎年の全日本選手権の総集編ビデオだって、今も欠かさず買っている。でも実物に会ったことはないし、当然知り合いでもない。まぁ会ったことがないのは妻も同じだけど、こっちはメールのやりとりだけで仕事をもらってるかと思えば、今度は当たり前のように、一緒に取材に行くっていうんだから！

「でもさ、何たって妻は人の顔が見分けられないだろ。どうやって落ち合うつもり？会場は広いよ」

「大丈夫、大丈夫。これがあるも〜ん！」

妻はいたずらっぽくニヤッと笑って、両手を持ち上げてみせた。片手には写真入りの身分証。もう片方の手には、何と青い携帯電話を持っている。

「何だよ、どーしたのそれ？」

「取材用のプレスパスは山口さんの会社、オフィス・スリー・ワンを通して取ってもらった。メール機能つきケータイはプリペイド式のをネット通販で買って、今日届いたとこ。今、必死で使い方覚えてる」

妻が、ケータイ？

僕は個人ではケータイを持たない主義だけど、仕事中は常に会社のを持たされている。でも妻はほとんど家にいるから、今までそんなものとはまるで縁がなかった。当然、使い方さえ知らないわけだけど、それにしても、家に引きこもってばかりいる妻がケータイを持って仕事に出かけていく姿を想像するのは、何とも不思議な感じがする。もっともこう用意がいいところを見ると、かなり前からじっくり計画を練ってきたんだろうな……ま、妻が思いつきで突然行動を起こすなんてことはまずありえないから、ひそかに準備していたこと自体は、別に意外じゃないけどね。

「私のと山口さんのケータイ番号はこの紙に書いておいたから。はいこれ。私は金曜から会場入りするけど、夫も土曜日には来られるでしょ？ あの長谷部さんも来るから、山口さんが紹介してくれると思うよ」

「長谷部さんって、あのウィリーの世界記録を持ってる……？」

「そう。憬《あこが》れの人なんでしょ？　だからぜひ夫に引き合せてほしいってお願いしてあるの。直接知り合いになれるチャンスなんだから、何が何でも来なくちゃダメだよ！」

おっ、おい、本当に？　ウソだろ〜！

長谷部健は十五年ぐらい前、オートバイのウィリー（前輪上げ）走行で世界最長時間の記録を作った人だ。約十時間、その体勢のままノンストップで走り続けたんだから、実にすごい。この時の記録はいまだに破られていなくて、世界の記録を集めた本にも認定されている。僕は一度この人のウィリー走行デモンストレーションを見てすっかりファンになり、何度もデモ走行イベントに行ったことがある。何たって、長谷部こと〝ウィリー・ケン〟がマシンを操る様子ときたら、まるで身体《からだ》の一部のように自由自在、まさに神ワザなんだ。

ウィリーのままでひょいとジャンプして、地面に寝そべっている人間をあっさり飛び越えたり、障害物を左右によけながらスラローム走行したり、急角度のターンを見事に決めたり。切れ味のいい技を次々と繰り出して、観客を楽しませたり驚かせたりしてくれる。ウィリーであまりにも楽々と何でもやってしまうので、見てるとだんだん簡単そうに思えてくるぐらいだ。もちろん本当は相当に高度なテクニックが必要なんだけど、この人はそれを実に軽々と、ほとんど優雅といっていいぐらい滑らかなマシンコントロールでこなしてしまう。

僕は以前、イベントの後でサイン会の列に並び、モトクロス用のヘルメットにサインしてもらったことがある。その時のヘルメットはとっくに古くなって買い換えたけど、もったいなくてとても捨てられず、今も大事に家にとってある。だから妻は、僕が長谷部さんの大ファンだってことを知ってるんだ。

最近はアメリカを拠点に活動しているとかで、日本でイベントが見られる機会もほとんどなくなってしまった。あのウィリー・ケンと、直接知り合いになれるかもしれないんだって？

夢みたいなチャンスだ。近所のスーパー、図書館、スポーツクラブに行く以外ほとんどどこにも出かけない生活をしてるっていうのに、妻のこの人脈ぶりは一体何なんだろう。

ううむ、恐るべし異星人妻。

この年のモトフェスは、文句なしに最高だった。山口さんのインタビューはほとんど金曜日に終わったそうで、妻はモトクロスのチャンピオンや有名な選手たちから、通訳の合間にちゃっかり僕の競技用ヘルメットにサインまでしてもらっていた。僕は「はい、これ」って手渡されるまで、妻がそんなものを抱えて行ってたなんて、全然知らなかった。

「これで、少しは強くなれるかもしれないしね」という妻の言葉には、ちょっと引っかかるものがあったけど……何たってモトクロスを始めて以来、僕の競技ライセンスはずっと国内B級、つまりアマチュアの中でも一番下のクラスのままだ。昇格をねらっていないわけじゃない。ただ、サラリーマン技術者としては、三十代半ばにもなれば仕事上の責任だってぐっと増えるし、結婚してからは休日に妻と過ごす時間も大事にしているつもりだ。思いきり練習したくても全然時間が足りないのが現実。自分では内心、十分に練習できさえすれば、もっといい結果が出せるはずだと思ってる。

でも妻ときたら、僕がそのへんどんなに気を遣っているのか、イマイチわかってないんだ。普段から「週末ごとに家を留守にしてせっせと練習に出かけるなんて、気楽でいいよね」なんて平気で言ってるし。今回だって、サインをもらってくれたことはうれしかったけど、妻の言い方にはどことなく、「休みごとに私をほったらかして練習ばかりしてるわりには、ちっとも昇格しないよねえ」っていう、皮肉っぽい響きがまじっているように聞こえた。

とはいえ、妻の何気ない言動が人をムッとさせたり、誤解を招いたりしやすいのはいつものこと。きっとまた気のせいだ（と、いうことにしておこう）。何たってモトクロス用のヘルメットはけっこう重くてかさばる。小柄な妻にとっては、それなりに大変な荷物だったはずだ。それを、わざわざ電車とバスを乗り継いで会場まで持って行き、初対面の選手たちに頼んで、サインしてもらったんだから。僕を喜ばせたい一心でがんばったことは間違いない。

妻はよくこんな風に、僕を喜ばせようとして一生懸命、いろんなことを考えてくれる。それもたいてい、普通の人には思いつかないような奇抜なアイデアだ。今回みたいにうまく僕が喜べばいいんだけど、あれこれ気を回したわりに僕の反応がイマイチだったりすると、もしかして迷惑だったんじゃないかと心配になって、しつこく確認しはじめる。何度も聞かれて僕がうんざりした顔をしようもんならもう大変。せっかくがんばったのに期待通りにならなかったことに動転して、勝手にイライラして怒り出してしまう。そうやって一人で空回りして機嫌が悪くなっちゃうあたりが、妻の困ったところだ……

ともあれ、今回は妻の計画は大成功。僕は文句なしに感激した。ヘルメットには長谷部さんのサインもしっかりもらうことができたしね。僕はウィリー・ケンに引きあわせてもらい、握手して一緒に写真におさまり、サインもしてもらったけど、それだけじゃない。土曜日の夜にはもっと特別なことがあった。東京に住む山口さん夫妻が、日本は半年ぶりだという長谷部さん夫妻と、妻と僕を案内してくれて、皆で夕食に出かけ、鍋《なべ》料理を囲んだんだ。

妻は気をきかせて僕を長谷部さんの隣に座らせてくれたし、旧知の間柄だという山口さんと長谷部さんは、ホロ酔い機嫌でモトクロス談義を繰り広げ、大いに盛り上がった。でも僕は長年の憬れの人の隣で、次々と二人の口から飛び出すマシンや有名選手の話題を聞いてるっていう状況にすっかりうっとりしてしまい、ほとんど会話に加われなかった……何だか夢心地で、時々あいづちを打つのが精一杯。自分が何を話したかすらほとんど覚えていなくて、あとで妻にさんざんからかわれてしまった。

それにしても。

山口さんは生身の妻と初めて会ってみて、Eメールのイメージとのギャップに驚かなかったんだろうか？　現実の妻は、常に不安で、家に引きこもりがち。電話が鳴っただけでビクつく始末だ。ふだんから無表情で何を考えているのか全然わからないし、人と話すときもほとんど目をあわせられない。こういうところは、テレビなんかで見る自閉症の人とまさにそっくりだ。知らない相手と話すときは特に、緊張のあまり態度がぎくしゃくするので、いかにも異質な雰囲気がありありだし、愛想のかけらもない感じになってしまう。初対面の人に与える第一印象がいいとは、とても言いがたい。

ところが。妻の書くメールや手紙はまるで感じが違う。ずっと生き生きしていて、温かみや思いやり、ちゃめっけといった豊かな感情があふれているんだ。本人が言うには、相手が目の前にいないからかえってリラックスできるし、話し言葉と違ってメールだと好きなだけゆっくり考えて書けるので、うんと気が楽なんだという。Ｗｅｂサイトの文章だって、短い中にも辛口のユーモアがぴりっと効いていて、あまり英語の得意でない僕が見ても、十分面白い。

僕はモトフェスからの帰り際《ぎわ》、山口さんにお礼の挨拶《あいさつ》をしたついでに、こっそり妻の印象を聞いてみた。

「え？　ああ、まあ、確かに見た目は変わった感じですよね。金曜日って結構ひどい雨降ってたじゃないですか。彼女、時間通りに待ち合わせ場所に現れたものの、怒ってるのかと思うぐらいむっつりした顔してて、おまけにものすごい無口だったんで、最初はこの雨の中、早朝から何時間もかけて東京に出てきたせいで不機嫌なのかと思いましたよ」

どひゃ〜、やっぱり妻の無表情な顔って誰が見ても相当コワイんだ。

「でもそのうち、何かの拍子にかすかにフッと笑ってくれて。それで、ああ、別に機嫌悪いわけでもないのかなって。普段からこういう雰囲気の人らしいってわかれば、あとは別にね、僕はそんなに気にしないです。世間には、愛想が良くてもまるっきり信用できないヤツもいますけど、僕は彼女のことは買ってますよ。頼んだ仕事はすぐやってくれるし、ただ翻訳するだけじゃなく、素人《しろうと》にしてはなかなか面白い工夫をしてくれるのも気に入ってます」

「面白い工夫？」

「いつもはね、字幕つけるために編集前のインタビュー映像のテープを郵送するか、音声だけをコンピュータのファイルにしたものを、メールに添付して送るんです。それをもとに、話してることを彼女に日本語の文章に書き起こしてもらうんですよ。でも、こっちの取材チームも片言の英語しかダメだから、外国人にインタビューすると、うまく質問と答えがかみ合わないことって多いんですよね。こっちの質問を勘違いして、全然別のことについて答えが返ってきちゃったりとか。そうやって予想外の展開になると、話の流れが読めなくて余計にわかんなくなるもんだから、お互い話がかみあわないまま、インタビューが終わっちゃったりして」

「わかります」。僕も外国語はダメなので、自分のところの機械がトラブって、海外の納品先といきなり直接電話で話すはめになった時なんか、しょっちゅう似たようなことをやらかしている。

「でね、あ〜、こんなインタビューじゃほとんど使えないかもなー、なんて思いながら彼女に翻訳を頼むんだけど、仕上がってきた日本語を見ると、質問と答えがちゃんと、いい具合にかみあってる。だもんで、あれ、案外まともにインタビュー取れてたんだ？　って、つい感心しちゃったりして。でも実は、それが彼女のうまいとこなんですよ」

「……っていうと？」

「ちゃんと注釈がつけてあってね、質問と答えがあってないところは、答えの方に合わせて質問の内容を変えておきましたから、適当に手を入れて使ってください、って。感心しましたよ。素人なのによく考えたもんだなって」

「でも……質問、勝手に変えちゃってもいいんですか？」

「まあね、番組に作る時は、こっちがした質問は字幕で出すだけでもかまわないわけですから。相手の言った言葉は勝手に変えられないし、変えちゃいけないわけだけど、こっちの下手くそなカタコトの質問なんて全然重要じゃない。声だって特に入れる必要もないんです。大事なのは、相手から引きだせたコメントの方だから」

なるほど。

「僕はね、彼女の仕事が好きですよ。かみあってないとんちんかんな会話なんて、そのまま日本語に訳しただけじゃ、使い物にならないでしょ。でも、相手のコメントがそのまま答えになるようにうまく質問を差し込めば、ちゃんとやりとりとして形が成立するわけで。そうすると、インタビュー映像としてちゃんと使えるようになる。彼女は翻訳といってもただ日本語に置き換えるだけじゃなく、どうやったら使える素材になるか、そこまで考えた仕事をしてくれるんです。誰に教わったわけでもないのに、よく工夫したもんだと思いますよ。僕としちゃ、あてにできて、いい仕事をしてくれることが大事なんで、別に見た目がむっつりしてたってそれほど気にはならないです。まあね、どうせ僕らの業界って、いろんな意味で変な人が多いですから。僕も含めてね」

妻を見ていると、アザラシの仲間を連想する。そんなものにたとえたら本人は怒るだろうけど、実際、毎日ほとんど家に閉じこもっていて、熱を出したとかいっては毛布にくるまってゴロゴロしてることが多いからだ。土地柄、車が運転できないと自由に外出もできないし、慣れない相手や予想外の状況が苦手なのでどうしても家で転がってることが多くなってしまうんだとはわかっちゃいるけど、毎日のようにそんな様子ばかり見ていると、ついつい妻のことを、人付き合いの悪い消極的な性格のように思ってしまう。

でも実際は、決してそういうわけじゃないんだ。妻だって自分なりのやり方で、積極的に人と関わっている。最初は気づかなかったけど、インターネットを通して世界中のいろんな分野の人たちと知り合い、まめに連絡をとりあってつながりを育て、いつの間にかびっくりするような人間のネットワークを作り上げていることもわかってきた。おかげで僕は会ったこともないオーストラリア人のところへ遊びに行き、一緒にモトクロスのアマチュア大会に出たこともあるし、出張で行ったフランスの空港で初対面の別のモトクロスファンから出迎えられ、ヨーロッパ選手権を見に行ったこともある。

僕にとって極めつきの体験は、モトフェスの半年ほどあとで、モトクロスの国対抗世界大会が日本で初めて開催された時、山口さんの取材チームに補助スタッフとして参加できたことだ。もちろん競技なんかはプロのカメラマンが撮るので、僕の役目は解説者として招かれた長谷部健についてまわること。世界中の有名選手たちと英語で話す彼を撮影した。世界トップクラスの選手たちの生の姿を目の前で見ることができ、少しだけど直接言葉を交わすこともできたし、長谷部さんともいろいろ話をすることができた。まさか山口さんの撮影スタッフに加わる機会があるなんて、想像すらできなかったことだ。

モトフェスをきっかけに、僕の妻に対する見方は少し変わった。妻は決して、ただ家にいて何か面白そうなことが起きないかと待ってるだけの、受身で消極的な生活をしてるわけじゃない。いつもウツ気味で、普段は毎日家でくすぶっているだけみたいに見えるけど、実はＷｅｂサイトを運営して自分から情報を発信したり、Ｅメールで世界中の人とコミュニケーションをとり、積極的に人脈を作っていたり、妻なりのやり方ではあるけれど、ちゃんと世の中とつながって生きているんだ。

陸の上ではドテーッとしてあんまり動かず、ゴロゴロしているばかりのように見えるアザラシだって、いったん水に入るとものすごく活発で、機敏な動きで自由自在に水中を泳ぎまわる。それと同じように、妻も自分に適した環境の中にいる時は、水に入ったアザラシ、っていうか、水を得た魚のように、実はものすごく生き生きと積極的に活動している。仕事にだって実力を発揮できるし、それを評価してくれる人だってちゃんといることがわかった。妻のこんな一面は、僕にとってこれまでほとんど知らなかった未知の部分だ。何だか少し、妻のことを見直してしまった。

異星人とケンカ

「ウルサイんだよ、いちいち！」

「でも何言ってるか意味わかんないんだもん！　ちゃんと説明してよ！　なんでそうなるわけ？　何が気にさわってんのかはっきり……」

「なんでなんでって聞くな！　そういうところがウルサイんだよ！　わかんねーのか？　このバカ！」

「わかんないから聞いてるんだよ！」

「あぁ～もう、何でそうしつこいんだよ！　ムカつく！」

地球人と異星人が結婚していると、当然そこには異文化摩擦が起こる。早く言えば夫婦ゲンカだ。そもそも、三連休が増えたことがいけない。長い週末は勤め人にはありがたいが、妻にとって連休は普段の一週間の行動パターンが崩れることなので、適応するのが難しいらしい。何となく落ち着かず、僕と仲良く過ごそうとあれこれ気をつかっているのがわかる。僕の方もやはり何かと気をつかうので、結局お互いに疲れてしまい、ちょっとしたことでドカンと爆発してしまう。

ケンカの理由はもちろんその時々で違うけれど、よくあるパターンというのはいくつかある。その一つが、妻のナゼナゼ攻撃だ。とにかく、僕の言ったりしたりするあらゆる事柄に関して、理由を追求したがる。こちらが疲れていようと返事をしたくない気分であろうと、おかまいなし。そもそも、相手が嫌がっているとか迷惑がっているとか、そういう他人の気分がぜんぜん読み取れないんだから無理もないんだけど、頭ではわかっていても、こっちにしてみれば大いに気にさわることは変わりない。

もう一つは、妻が僕の使う言葉の隅々にまで、やたらとこだわることだ。本人は、相手の気持ちを正確に理解するため、一生懸命に意味を確認しているだけだと言うんだけど、こっちにしてみれば、何だか言葉の端々まで細かくチェックされているようで、実にイヤな気分になる。妻は自閉症スペクトラム障害の中でも「言語能力の高いタイプ」だと診断されているし、実際、僕なんかよりよっぽど語彙《ごい》も豊富で、言葉を理解して使いこなす能力は高いと思う。でもそれは決して、相手の気持ちを理解してうまくコミュニケーションをとる能力が高いって意味じゃないんだ。実際、言葉を理解する能力と気持ちを理解する能力がアンバランスなところこそ、妻のあらゆる対人関係トラブルの大きな原因のひとつだと言ってもいい。

僕にしてみれば大差ないようなちょっとした言い間違いや、言葉づかいの細かな意味の違いまで、妻は嫌味なぐらいきっちりと指摘してくる。そうやってしつこくこだわり続けているからこそ、最初は普通の会話だったはずのものがだんだんトゲトゲしい雰囲気になっていき、しまいにはケンカになってしまうんだけれど、本人はそれをまるで自覚していない。しかも、妻は他人の気分の変化にひどく鈍感なので、引き際《ぎわ》というものがわからない。どこまでもどこまでも、ひたすら言葉を追求し続ける。

その結果。

僕がついに堪忍袋《かんにんぶくろ》の緒を切らし、カンカンになって怒鳴りだすまで、妻は前兆に気づかない。妻からすれば、それまで普通に会話していたつもりなのに、僕が突然ぶち切れて大声をあげはじめるように見えてるんだ。だから、自分でさんざん種をまいておいたくせに、僕がいよいよガマンの限界にきて怒り出すと、心底びっくりするらしい。

妻の異星人ぶりがバレバレになるのが、まさにこういう場面。妻はとにかく言葉をひたすら文字通りに取るので、言い争いになると飛び交う言葉にすっかり気をとられてしまい、「なぜ」相手がそう言ってるのか、という肝心のところまで頭が回らなくなる。でも、ケンカになると普通、人は理性でものを言うわけじゃない。カッとなって、思いつきで適当なことを口走るだけだ。

だって、そういうもんだろ？

あることないこと関係なく、思いつくかぎりの悪口を言いまくって、相手をやりこめようとする。それがケンカっていうもんだ。ところが妻ときたら、「どんな状況だろうと、口にされる言葉にはすべて、何らかの意味がこめられているはず」だと思いこんでいる。たとえ思いつきや偶然で口走った言葉でも、単純に言い間違っただけの言葉でも、そこには必ず何らかの意図が働いているはずで、たとえ言った本人が意識していなくても、口にした言葉にはその人の本音があらわれているはず、なんだそうだ。

その確信の根拠が何なのかは知らないが（妻いわく、『フロイトの古典的な説』だそうだけど、誰だよそれ？）、とにかく、妻はその「隠された意図」とやらをさぐり出そうとして、どこまでもどこまでも「なぜ？」「どうして？」と聞き続ける。そうやって追求することでちゃんとした答えに到達することなんて決してありえないってことが、どうしてもわからないらしい。しつこさにたまりかねて、こっちの怒りがさらに倍増するのがオチだっていうのに。

しかも、おかげでますます頭に血がのぼった僕が、腹立ちまぎれに「出て行け！」なんてうっかりわめこうもんなら、「あ、そう」と、本気で荷造りをはじめてしまう。妻の場合、事情があって実家に帰るという手が使えないし、車の運転ができないので、たとえ本当に出て行きたくても、実際はどこにも行くあてがない。僕だってそのことはわかってるから、ケンカしたからって別に本気で家から追い出そうなんて思ってはいない。「出て行け！」というセリフは、怒った勢いで時々、つい口から飛び出してしまうだけ。

それなのに、妻は毎回それを文字通りに受け取ってしまうから、こっちはまるであげ足をとられたような気分になる。さらにカッカしながらも、ここは大急ぎで「本気にしなくていい！　今のは取り消す！」と叫ばなくちゃいけない。さもないと妻は本当にてきぱき荷物をまとめてしまい、大まじめで「お世話になりました」って言い残して玄関に向かおうとするからだ。

妻の場合、この行動はハッタリでも何でもなくて、本人は真剣に出て行く気。前に一度、皮肉のつもりで「どこへ行くつもりだよ？」って聞いてみたら、「ホームレスの小屋が並んでる河川敷に行って、そこで暮らす」って、真顔で答えが返ってきた。妻に何か言うのは、コンピュータにコマンドを入力するのと似ている。「出て行け」とインプットするとそのまま実行に移そうとするし、「取り消し」を入力するまで、冗談抜きで本当に出て行かなくちゃならないと思いこんでるんだ。

妻は相手の言葉の文字通りの意味はよく理解できるけど、本当に相手が伝えたい気持ちは理解できてないことが多い。相手がどこまで本気なのかとか、ただ意地悪な気分で無茶を言いたいだけなのかといった、言葉の裏にある意図は読み取れないんだ。だから、妻は言われた言葉の中であまり意味のない部分を適当に聞き流すとか、どうでもいいことは深く追求せずにあいまいなままにしておくといったこともうまくできない。人の話の中のどこに重要な意味があって、どこがそうでないかの区別がつけられないからだ。

これを僕の側から言えば、妻を相手にしている時はいつだって、一言一句に気をつけてしゃべらなくちゃいけないってことになる……我を忘れて怒っているような時でさえ！　実に面倒だし疲れるし、イライラはつのるし、まったく、たまったもんじゃない。おかげでケンカするたびに、こっちはほとほとうんざりさせられる。

こんな時、僕はひたすら妻から逃げ出したくなる。車のキーをつかみ、脱出を図る。とにかくほとぼりがさめるまでこの場にはいたくないっていう、切実な思いからだ。ところが、これは妻からすると、僕だけが自分の言いたいことだけ言って一方的に出て行ってしまい、妻の言い分をちゃんと聞こうとしない、実に身勝手な態度ってことになる。妻にしてみれば、何がきっかけで僕が怒りだしたのかわからないし、それを聞き出そうとあれこれ質問すると僕がますます激怒して、あげくの果てにさっさと出て行ってしまうように感じるわけだ。結局、何が何だかちっともわからないまま、混乱状態で一人取り残されてしまうってことになる。

僕がいなくなってしまっては、ケンカの原因もわからないし、話し合いで問題解決をはかることもできない。妻いわく、僕が逃げだすことで自分の言い分が無視されるわけだから、時間が経《た》っても怒りはおさまるどころか、ますますエスカレートする一方だという。この問題で、僕らは何度も精神科医やカウンセラーに相談をもちかけてきた。どうしたらお互いにもっとうまく平和共存できるのか、そのコツを教えてもらいたかったからだ。

カウンセラーのアドバイスは、二人のうちのどちらかが興奮しすぎていると感じた場合、冷静に話し合いができるようになるまで、僕が出て行くこと自体はかまわない。

ただし、話し合いを拒否しているのではないことを妻にはっきり示すために、次の話し合いの時間をいつとるか、約束してから出て行くべきだ、というものだった。そのかわり、次の話し合いの時間がちゃんと約束されている限り、妻は僕が出て行くのを無理に引き止めてはいけない。そして、僕が出て行く時は必ず携帯電話を持っていき、必要な時には連絡がつくようにすること、という条件も決まった。

このルールができたことで、事態は大幅に改善された……って言いたいとこだけど、残念ながらそう簡単にはいかなかった。妻によると、うまくいかなかった理由は僕がこのタイムアウト(冷静になるための時間)を、あとでよりよい話し合いをするためというより、むしろ時間をあけることで、物事をあいまいなままうやむやにしてしまうために使おうとしたから、なんだそうだ。

「だって、『次の話し合いは?』って聞いたら平気で、来週とか四日後とか言うじゃない。何でそんなに先延ばしするわけ? こっちが忘れるのを待ってるとしか思えない。それに、一回の話し合いの長さだってたったの五分だけとか、どう考えても短すぎる時間しか受け入れないことが多いでしょ。とにかく、本当は話し合いなんてしたくない、私の意見なんて聞きたくないと思ってるのがありありなんだもん」

妻にズバリと指摘されるまで、僕は自分の態度がそんなに逃げ腰だとは思ってなかった。カウンセラーに言われた通り、次の話し合いは何時にするか、一回の話し合いの長さは何分にするかをはっきり言うようにしたことで、僕としては正しくアドバイスに従ったつもりでいたんだ。ところが妻は、僕はカウンセラーの提案を自分の都合のいいように勝手なやり方で利用しているだけだ、そんなのずるい、と言う。

う〜む。

言われてみれば、確かにそうかも。

妻の主張するように、お互いの意見をぶつけ合って考え方の違いをはっきりさせ、納得いくまでとことん話し合って問題を解決する、といった方法は、どうも僕にはぴんとこない。どちらかというと、ムダな対立は避けて、時間が解決してくれるのに任せる方が自然な流れだと思う。早い話、つまらないケンカなんて、放っときゃそのうち忘れるもんだろ、って感じ。

言いわけするつもりはないけど、面倒な議論や意見の対立を避けたがるのは、なにも僕だけに限らないと思う。普通の日本人ならたいてい、同じように感じるもんじゃないだろうか？　何ていうか、その方がより平和的だし、なごやかなやり方だと思ってるからだ。

ところが、日本人にとって当たり前のこういう心情は、異星人妻にはまるで通用しない。何だかうまくはぐらかそうとしてる、ごまかされてるっていう程度にしか感じないらしい。しかも自閉系の特徴として、およそどんなことであれ、適当に流すとか、あいまいなままにしておくってことが極端に苦手だってことがあるし、おまけに、妙なところで信じられないほど鮮明な記憶力を発揮する。異星人妻が相手では、何事も決してうやむやにすませることはできないんだ。

妻に指摘されてからは、僕もそれなりに気をつけるようにはしている。もっとも、いまだに僕の消極的な態度は抜けきれてないらしいけど、少なくとも前よりましにはなってきたそうだ。カウンセラーからも助言をもらいながら、僕は意識してもっと妻との話し合いに前向きに応じるように努力している。妻の言い分を聞くための時間をなるべくゆっくり取るようにしてみると、確かに、以前のように妻が何日も怒りをくすぶらせているなんてことはなくなってきた。

以前だったら、ケンカになると僕がさっさと妻から逃げ出してしまうもんだから、妻は取り残されたことでよけいに腹を立て、僕はそんな不機嫌な妻を避けたい一心で何日も家に寄りつかず、するといつまでも相手にされない妻はさらに怒りを燃やし……っていう泥沼パターンで、事態はどんどんこじれていった。僕らは何度もそんな経験をしている。それが最近では、相当にひどいケンカをした時でさえ、僕の家出はせいぜい長くてひと晩ってところだ。

そう。以前だったら、ケンカの後で妻はよく、僕が腹立ちまぎれに吐き散らした言葉についていちいち論理的な反論を並べた、ものすごく長〜いEメールを書いて、会社に送りつけてきたりしたもんだ。こっちはやれやれと思いながらも、「いろいろ言ったことは別に本心じゃない。全部謝るから、もう忘れてくれ」と返信していた。そのへんも最近になって、やっと変わってきた。

僕や精神科医やカウンセラー、そしてサポートチームの面々は、妻の言葉への過剰なこだわりを何とかしようと、ずっと努力してきた。ケンカの時に人が我を忘れてどなり散らす言葉は、相手にパンチを与えるためにわざと嫌がるようなことを言って、自分がどんなに怒っているかを見せつけるのが目的なので、一つ一つの言葉の持つ意味は大して重要じゃないってことを、根気よく何度も繰り返し妻に説明し続けたんだ。その成果がやっと少しずつ出てきたらしい。ようやく妻は、ケンカのときに飛び交う言葉の端々に、あまりしつこくこだわらなくなってきた。

もっとも、妻はヘタに言葉が達者なぶん、相変わらず、僕が何に怒っているのかがわかってないまま、言葉の文字通りの意味にだけ敏感に反応して、一人でどんどん口論に突入してしまうことが今でも多い。頭も口もやたらと回転が早い妻が相手じゃ、議論になったら僕にはまず勝ち目はない。何たって、こっちがひとこと言えば、理路整然とした反論が十倍ぐらい返ってくるんだから……言い返したくても、妻みたいに考えをとっさにすらすら言葉にできない僕はもどかしくてイライラし、ついにはキレて妻を怒鳴りつけて、ケンカになってしまう。

ところが、そうやってケンカになり、一時間以上もああだこうだと二人でやりあったあとで、妻はやっと、言葉の裏にはどうやら何か別の意図があるらしいってことに気づきはじめたりする。そしていきなり真剣な顔で、「あのさ……聞いてもいい？そもそも、このケンカの原因って、何だったの？」なんて質問をしてきたりするんだ。

実にトホホな瞬間だ。

ともあれ、前ほどケンカがこじれなくなった理由は他にもある。これまで、妻には家の中で自分だけのスペースと呼べるものがなかった。そのことが、実は妻が絶対的に必要としてる安心感をおびやかす原因のひとつになっていたんだ。妻は一人っ子なので、実家では常に自分だけの空間が確保されていたし、親元を離れてからはずっと一人暮らしだった。それなのに結婚したら、自分の家の中に、一人きりになれる場所がなくなってしまったんだ。もちろんお互いに好きで結婚したわけだけど、生活のスタイルは当然違う。例えば、僕は家の中が整然としているのが好きだ。理想を言えばモデルルームみたいに、何もかもがきちんと、見えないところに片付けられている感じかな。ところが、妻は何でも出しっぱなしにするのが大好きとくる。本人いわく、やりかけのものはなるべく目につくところに置いておきたい、そうしないといったん注意力がそれたら最後、忘れてしまうからだと言う。見た目より使い勝手重視ってことらしい。でも、こっちにしてみればただあれこれとむやみにものが放り出してあるようにしか見えないし、ひどくなってくると足の踏み場もないほどの散らかりようなので、とてもガマンできなくなって、僕はついつい妻に注意する。妻の方も気をつかって、片付けようと努力する。ところが、そうやっていつも僕にあわせようとしていると、妻にとっては生活がきゅうくつになる。自分の家なのに自分の好きなようにできない、自分にとって一番快適な暮らし方ができないわけだから、当然、居心地だって悪いし、自分の居場所がないような気がしてくつろげないのも無理はない。

妻は自分でこのことに気づくと、さっそく家の一角に自分の居場所を作るためのアイデアを練りはじめた。間取りの関係で個室はとれなかったけれど、少し工夫してカーテンで仕切りを作ることで、ちょっとした巣のような「妻コーナー」が実現した。おかげで今では、僕とぶつかりたくない時や、単に一人になりたい時、地球人の世界で不安が強くなった時は、いつでもそこに引きこもることができる。もちろん好きなだけ散らかしてもかまわない。僕は妻コーナーに関しては一切口出ししない。

このコーナーは、妻のお気に入りで文字どおり埋めつくされている。カーテンも棚もソファもクッションも、すべてブルーで統一されているし、棚にはビー玉やガラスの置き物といった、妻の好きな透明でキラキラする小物がたくさん飾られている。窓のそばには、サンキャッチャーというクリスタルの飾りもぶらさげてある。これに太陽の光が当たると、部屋中の壁や床や天井にたくさんの小さな虹《にじ》が映って、ちらちらと踊るんだ。それは何とも不思議できれいな眺めで、初めて見たときは僕もびっくりした。

自閉系の異星人は、どうがんばっても地球人やその社会を完全には理解しきれない。つまり自分にとっては不可解な異文化の中で暮らしているわけで、そのために、常に不安に傾きがちな心を抱えている。だから妻に限らず、自閉系にとって安心して一人になれる居場所を確保することは、とても大切な意味があるんだそうだ。今の妻スペースの欠点は、完全な個室でないためにどうしても人目を完全に避けることができず、居間からはほとんど丸見えになってることだけど、それでも、自分だけのプライベートな場所を家の中に確保したことで、妻は以前よりもずっと安らげるようになり、強い不安を感じることも減ったという。

妻の場合、不安がひどくなると発作的に怒りはじめてしまうから、不安が軽くなったってことは、それだけ怒る原因も減ったってことになる。これは僕にとっても相当ありがたいことだ。厄介なことに、妻は不安がつのってくるとだんだんピリピリしはじめる。そしてしまいに、たまたま目についたものなら何にでも難癖をつけて怒りはじめるんだ。この場合、妻の怒りは単に不安が強くなりすぎて限界を超えただけのものなので、腹を立てる理由は単なるこじつけ。要は何でもいいから口実を見つけて、不安を怒りに変え、発散してるだけだ。でも、そんなことで八つ当たりされる僕の方は迷惑もいいところだから、妻の不安が軽くなって、怒り発作をあまり起こさずにいてくれれば、こっちとしても大いに助かるってわけ。

つい最近のケンカの時のことだ。僕は怒った勢いで思わず、妻が居間ですぐに寝そべってゴロゴロしてしまう癖や、病気でもないのに一日中ガーゼの毛布にくるまってばかりいることなんかについて、さんざん文句を言いまくってしまった。かねがねうっとうしい気がしていたからつい口に出てしまったんだけど、実際問題、それで僕が妻から何か被害をこうむるわけでもないし、妻だって、自分の家の居間でぐらい好きなように過ごす権利はあるはずだから、本当は僕がどうこう言うようなことじゃない。

でも今回、妻は以前のように、頭に血が上った僕と真っ向から議論をしようとはしなかった。しつこく食い下がるかわりに、怒り散らす僕にうんざりしてくると、妻は問題のガーゼ毛布を抱えてさっさと自分のスペースに引っ込んでしまった。そして僕の機嫌がおさまるまでの間、僕を無視して引きこもったまま、ほとんど出てこなかった。つまり、僕が必要を感じると家から逃げだすのと同じように、妻の方も、自分がそうしたいと思った時は、僕から距離をとることを覚え、実行できるようになってきたってわけだ。おかげで、大声で怒鳴りあったり部屋を物が飛び交ったりといった修羅場もなく、いたって穏やかに(っていうのも変な表現だけど)このたびのケンカはおさまり、大きくこじれることもなかった。

以前は、激怒した妻が窓から座椅子《ざいす》を放り投げたことさえあったのを考えれば、僕らのケンカのしかたもずいぶん進歩したもんだ。しばらくして気分がおさまると、僕は妻に、腹を立てた原因と、居間で横になってゴロゴロしたり、毛布にくるまったりすることは直接関係ない、ただ勢いで言ってしまっただけなんだと説明して、謝った。

ケンカの後、冷静になってからちゃんとこうやって話し合いの時間をとるようになったことで、前みたいに妻がいつまでも怒ったままでいることはめったになくなった。

とはいえ、妻は今でも人に言われた言葉には過敏なぐらい反応するし、動揺も大きい。ケンカした後の立ち直りも遅い。今回のケンカの影響もまだ続いていて、居間で毛布にくるまってるところを僕に見つかることを、ものすごく警戒している。別にかまわないんだよっていくら言ってもダメで、毛布を持ってさっさと逃げ出してしまう。

それでも、少なくとも僕らの平和共存はいくらか進歩したし、より快適に暮らせるようになってきた（と思いたい）。ケンカそのものを減らすことは、なかなかできないんだけどね……

仲直りにも決まりがある

ものごとをあいまいにできないのは、自閉系の特徴だ。だから妻には「何となく」仲直りするってことができない。僕らの場合、仲直りにもルールがいるんだ。

ケンカの後しばらく時間がたち、お互いの気分もおさまって、落ち着いて話ができるようになった頃には、地球人同士なら、無意識に仲直りのサインを出しているもんだ。それはちょっとした表情の変化だったり、相手の身体《からだ》に軽く触れるといったしぐさだったり、時には何か飲物を一緒に飲まないかという誘いかけだったりする。ところが、妻はこうした間接的な表現ではイマイチ理解できない。具体的な言葉にしないとダメなんだ。だから、僕の方ではとっくに終わったつもりのケンカでも、妻にしてみればまだ宙ぶらりんのまま、ということもよくある。そんな時、妻はよく、

「もうケンカ終わり？」

と、真顔で聞いてくる。そうやって言葉ではっきり確認しないとわからないからだ。

実を言うと、僕としてはそういうことまでいちいち言いたくはない。流れにまかせて、いつの間にか仲直りしているっていう方がよほど自然だと思うし、ずっと気も楽だ。せっかく雰囲気がなごんできたところへケンカの話をまた持ちだして、わざわざ終わりを宣言するような面倒くさいことは、正直いってやりたくないっていうのが本音だ。ところが、妻は責任の所在も、あいまいなままではどうも落ち着かないらしい。もっとも、わざと自分に都合のいいように物事を解釈して、何でも僕のせいにしようといった意図はなくて、僕を非難しにかかるよりは、「ねえ、妻が悪かったの？」と心細そうに聞いてくることがほとんどだ。普段でも何だか怒っているように見えるし、きつい口のききかたをすることの多い妻は、少々ヘコんでる時の方が適度にしおらしくていい。

本人にはナイショだけど、僕はけっこう、しょぼんとした妻ってかわいいと思ってるぐらいだ。だから内心では、妻の方に責任があると思ってる時でも、そんな様子を見るとつい、「ま、いいから、いいから。どっちが悪いかなんてもう忘れたよ。仲直りしよ、仲直り」なんて言ってしまう。我ながらちょっと甘いんじゃないかとは思うけど、僕は妻ほど、白黒をはっきりつけることにこだわりたくないんだ。つまらないケンカなんか、さっさと水に流してしまいたい。

「妻ってさ、どうしてそんなに何でもかんでもこだわるわけ？　一つ一つの言葉の細かい意味とか、どっちの方により責任があったとか、ケンカのあとあとまで、そんなこと追求してどうなるんだよ？」

「そりゃね、どうでもいいことにこだわりすぎてる場合もあるとは思うよ。でも基本的には、何がケンカの原因だったのか、どこで食い違っちゃったのかを、ちゃんと確かめておきたいから、いろいろ質問したりするだけ。ただしつこくしたいから問いただしてるわけじゃないの」

「原因追求が何でそんなに大事なんだよ？　たかがケンカだろ？　そんなことに大して重要な意味なんかないよ」

「そんなことないって！　私はね、カイゼンの人なの。どんなことでも、ちゃんと理由を見つけて物事が理解できれば、もっと工夫する余地もできるし、どっちの方向に努力したらいいかがわかれば、よりよく変えていくことだってできるかもしれない。だから、原因を知ることは私にとって大事なことなの！」

妻は「カイゼン」の人か……なるほど、うまい言い方だ。ＫＡＩＺＥＮっていうのは、もちろん元々は日本語だけど、僕ら技術者にとっては、今や世界のどこでもそのまま通用する工場用語のひとつなんだ。役職や立場には関係なく、生産ラインにつく一人一人が、自分の持ち場で目先の作業をこなすことだけしか考えない働き方をやめ、もっと工場全体の利益と生産性にまで視野をひろげること。一人一人が自分の仕事をどう工夫すれば、全体としてよりよい成果を上げることにつながるかをきちんと意識しながら仕事に取り組むよう心がけること。それが「カイゼン」だ。

そういう意味では確かに、妻はカイゼンの精神にあふれている。常に全体の状況を理解しようとつとめ、できる限りの工夫をし、物事をよりよい方向に進めようとするんだから。たとえ、それが夫婦ゲンカであっても同じことだ。トラブルの原因を探り、分析し、再発防止に努め、夫婦関係をよりよくするためには何をどう工夫すればいいか、そのための材料を探そうとする。ただし、その積極的な態度も度がすぎれば単にしつこくてうっとうしいだけになってしまい、かえってお互いの関係を悪くする原因になるだけだってことがわからないのが困ったところだ。残念ながら、異星人である妻にはそのへんの限度が、どうもうまくつかめないらしい。

……ん？

ここまで考えてきて、ふと気がついた。妻が自分のことを「カイゼン」の人だと説明したのは、技術の言葉を使ったほうが、僕にとってより理解しやすいと考えたからだ。

そもそも、妻が僕を理解しようとするやり方は、僕の部屋にある雑誌をすみずみまで読んで、技術者の世界やアウトドアスポーツの世界についての知識や言葉を身につける、というところから始まった。そして今度は、妻はその知識を使って、僕にとってよりわかりやすい表現をするために技術の専門用語を使って、自分のことをより的確に表現し、うまくわかってもらうために、妻なりに一生懸命工夫してるってわけだ。

はあ〜、そういうことなのか……。

妻が技術用語のカイゼンという言葉を覚え、使っていること自体、妻がいかに僕のことや、二人の関係を大事に思っているかを表わしてるんだ。ケンカの時、僕がお互いの意見の違いをつきつめるような話し合いをさけようとして、つい逃げようとしたり、先延ばししようとすると、妻は決まってそういう態度を嫌がる。あれもたぶん、僕にカイゼンの精神が足りないと思うからなんだろう。妻としては、自分はいつもお互いの関係をカイゼンするために僕のことや、僕の考えを知る努力をしているのに、僕の方はどうもあまり協力的になってくれないと感じているんだ。

そう、異星人妻はとことんカイゼンの人だ。注意力のピント合わせがうまくいかないことで忘れっぽい時があるのは、何でもメモに書くことでカバーしている。集中しすぎて時間を忘れることがないように、腕時計のアラームを使う。人の話を聞き取ることや、数字を覚えることが苦手なので、いつも筆記用具を持ち歩いている。心の健康と身体の健康は深く関係があり、有酸素運動が薬と同じぐらいウツ状態に効果があるという研究を読んでから、毎日のようにスポーツクラブに通って運動するようになった。スポーツは嫌いだとキッパリ言っているのに、スポーツクラブ通いはもうここ何年かずっと続いている。苦手な家事を少しでもうまくこなすために、主婦雑誌の記事やなんかを読んでいつも情報収集し、工夫している。つくづく、妻はあらゆることに関してカイゼンの精神にあふれている。

ただね、自分のことをカイゼンしようと積極的に取り組むパワーは、本当に感心するぐらいすごいけど、他人にも同じような熱意を求めるのはどんなもんだろう。そういえば、妻はカイゼン精神のない人を見ると何となくイライラしはじめることがある。そして特に、僕に対しては絶対にカイゼン精神を期待しすぎだと思う。だから妻の態度はどこか押し付けがましい感じになり、こっちはひどく迷惑な気分になるんだ。

それでも。

妻がこうやって自分から僕の方に歩み寄ろうと努力している以上、僕もやっぱり妻のやり方につきあって、原因追求にも協力していかなくちゃいけないんだろうな。地球人と異星人の夫婦としては、相互理解促進のためには、妻のしつこさの度がすぎる時や、言葉の細かい部分へのこだわりがひどすぎるような時にただカッとして怒るだけじゃなく、何が気にさわるのかを具体的に伝える努力をしていかなくちゃいけないんだろう。妻がうまく物事を理解するには、なるべくはっきり言葉で説明してもらう必要があるわけだから、僕も妻のやり方に歩み寄って、なるべく分かりやすい形で表現する工夫をしていかなきゃいけないってことだ。

本当は、人の気持ちをすべて言葉で言い表すことなんて不可能だ。でも、それを妻に説明したところで、いつかは納得してくれるんだろうか？　妻は言われた言葉の文字通りの意味なら理解できるけど、果たしてどこまで地球人の感覚が実感としてわかっているんだろう。そのへんは、僕にもよくわからない。でもとにかく、根気よく何度も、言葉で説明し続けるしかないんだろうな……

正直言って、そう考えると何だか、ものすご～く疲れるんだけどね……

やれやれ。

妻と旅する

妻は旅が大好きだ。

これまで説明してきた妻のあらゆる性質とは、ものすごく矛盾しているように思えるかもしれない。何たって異星人妻は視覚聴覚その他、五感の刺激に弱くて、疲れやすく、日常の生活パターンがちょっと乱れただけで不安になってイライラしてしまうんだから……でも、実際の妻はいつだって旅、それも海外の旅に出かけたがっている。日本を脱出したくてたまらないんだ。僕と結婚する前から何十という国を旅している。しかもそのほとんどが自分頼みの貧乏一人旅だっていう、ベテラン旅人だ。

「妻って、予測できないことが苦手なくせに、何でそんなに旅行にばかり行きたがるわけ？」

「好奇心はすべてにまさる、って感じかな？　それに旅してる時は常に、『何ひとつ予定通りにいくとは限らない』って予測をしてるから」

確かに、妻は好奇心のカタマリだ。でも、妻がこう熱烈に日常を脱出したがっているのには、現実逃避したい気持ちも大いに関係あるんだろうと僕はにらんでいる。何たって、僕らが住んでいるこの地方都市では、車が運転できない妻は自由に出歩くこともできず、いつも家にこもりがちだ。地元の人との交流もない。数少ない仕事も、家でパソコンに向かってするだけだし、友達といえばメル友ばかり。あまり充実した人生とは言いがたいから、もっと面白い別世界に行くことばかり考えてるんじゃないだろうか。

僕だって、決して旅行が嫌いってわけじゃない。でも、会社勤めの技術者の身で平凡なサラリーマンとくれば、ゴールデンウィークと盆と年末年始ぐらいしか、まとまった休みはとれないんだ。つまり旅行代金が恐ろしくハネ上がり交通機関が大混雑する時期にしか、旅行には行けないってこと。こんな時期には、ささやかな海外旅行でさえ大金がかかる。それに僕にとっては、何もそんなあわただしい時期に旅行しなくても、家でゆっくり過ごし、普段できない用事をこなしながらのんびりする休日だって、大いに貴重なんだ。

なのに、妻ときたらほとんど一年中、何かというと旅の話ばかりしている。しかも、本人にはそれが僕には迷惑だっていう自覚がまるでないんだから困りものだ。

「だって、自分の興味のあることについておしゃべりしてると、話がついついそっちの方に行っちゃうんだもん！　旅行が好きなんだから、別に話ぐらいしたっていいじゃない！」

はぁ……、でもね妻、聞かされる僕の方は、はっきり言ってたまらないんだよ。

確かに、話をすること自体がダメってわけじゃないってこと。ただ妻の問題は、話をいい加減のところで切り上げるタイミングがわからない。僕がうんざりしてきても、まるで気づかない。相手の気分の変化が読めず一方的に自分の話をし続けてしまうのは、自閉系の特徴だ。妻は決して、わざと僕の神経を逆なでしてるわけじゃない。そのことはわかっちゃいるんだ、けれど……僕のガマンにもやっぱり限界があって、旅の話は、我が家ではよくケンカのタネになる。

それでも、一、二年に一度は僕が根負けし、妻の願いが叶《かな》って実際に旅に出ることになる。ところが、それはそれでまた大変だ。なぜかって？　妻がとにかく、あらゆることにがんばりすぎてしまうから。もう、すべてはその一言に尽きる。

僕らは普通、二人だけで旅をする。航空券やホテルや移動手段が最初から全部コミになったツアー商品を買うこともあれば、自分たちでプランを考えて、旅行会社に個人ツアーを組んでもらうこともある。往復の航空券だけ買って、あとはすべて直接現地と連絡をとって手配することもある。いずれにしても、いつどこに行くかが決まると、妻は例のものすごい情報収集力をフル活用して、あらゆるデータを集めはじめる。僕の限られた休みを最大限に生かし、できるだけ安く快適な旅ができるように、全力をあげて計画を練り上げるんだ。

リゾートでただのんびり過ごしに行くような旅でも、妻は必ず、朝市をのぞきに行くといった、現地の人たちの生活にふれる機会を作る。移動型の旅でも、観光名所を回るだけじゃ決して満足せず、鉄道好きな僕のためにわざわざ列車で移動するルートを組み込んだり、ひっそりした博物館で珍しい展示品を見たり、伝統芸能の舞台を楽しんだり、とにかくその土地に行かなければ絶対経験できないことを必ず盛り込むのが妻流だ。

「だって、現地の人の暮らしや、その国ならではの文化をじかに体験しないんだったら、テレビで旅番組を見てる方がずっと安上がりだし、快適でしょ？」

なるほどね。おかげでどんな旅をしても、妻と一緒だと必ず何かしら特別な経験ができる。どんなに短い旅でも、妻のプランには通りをただぶらぶらするような時間が必ずとってあって、僕らは地元の雑貨屋やスーパーをのぞいたり、安食堂や屋台で地元の人に混じって食事をしたりする。妻は何でもない街角でも、次々と面白いものや変わったものに目をとめて僕に教えてくれるし、事前にリサーチしておいた穴場スポットに案内して僕をびっくりさせ、大いに楽しませてくれたりする。妻との旅は、いつだって普通の旅の何倍も面白くて、充実している。異星人妻と一緒でなければ、絶対にこうはいかないと思う。

ただ、そうやって旅を特別なものにするためには、ものすごいエネルギーが必要だ。妻はまず、ローカル情報が一番豊富な貧乏旅行者向けガイドブックを用意して熟読する。その土地の文化や歴史に関する読み物にも目を通し、インターネットを駆使して現地のイベント情報や列車時刻表を調べ上げ、必要なら手際《てぎわ》よくチケット類を手配する。妻の弱点は電話で人と直接話すのが苦手なことだけど、そのかわりすべての連絡をＥメールとファクスでこなしてしまう。インターネットの旅行情報掲示板に目を通して最新の情報を仕入れ、気候にあった服を準備できるよう、出発前にはインターネット天気情報のチェックも忘れない。

「妻ってそんじょそこらの旅行代理店の人よりよっぽど現地の事情に詳しいし、どんな情報でも確実に探し出すし、旅行の手配にかけちゃ、むちゃくちゃ有能だよね。いっそのこと、旅行会社で仕事したら？」

妻は大まじめな顔でため息をつく。「そう。人当たりがこれだけひどくなきゃね……」

確かに。表向きだけでも愛想よく、そつなく振る舞うってことができず、人を怒らせてばかりの妻には、旅行代理店やツアー添乗員の仕事は絶対に勤まらないだろう。こんなに人のためを考え、人を喜ばせようと努力を惜しまず、旅を手配する能力だって十分あるのに、実社会では使い物にならないなんて。つくづく、うまくいかないもんだ。異星人妻にとって、現実は常にキビシイ。

旅に出るたびに、妻は毎回すごい労力をついやして素晴らしいプランを立て、万全の準備を整える。いざ出発すると、普段の生活からは想像もできないぐらいパワフルに動き回って、僕をリードしてくれる。妻は地図を画像として記憶できるそうで、どこへ行ってもあっという間に地理を頭にインプットし、初めての場所でも驚くほど土地カンを発揮して、僕を案内してくれる。僕にとっては、ガイドと通訳と道案内の役を一人でこなす、頼もしい存在だ。

突発事態やトラブルが起きても、妻は常に冷静だ。僕には思いもつかないようなひらめきを発揮して、問題をクリアしてしまう。英語にカタコトの現地語を混ぜ、時には紙に絵や図を描いたりして何とか相手に事情を説明し、粘り強く交渉する。こんな時の妻の口癖は、「絶対、どうにかなるから！」だ。

ある時なんか、一日一便のどうしても乗らなくちゃならない飛行機なのに、「残席は一つだけ」と言われてしまった。

「そこを何とか……お願いできませんか？」

「でも乗客は皆さんもう乗ってますし」。うわわわ、まさに絶体絶命。

それでも妻は「とにかく、離陸するまではあきらめないでいよう」と、航空会社のカウンターの前から動かなかった。その結果？　カウンターの人が電話で誰かと熱心に話をしていたかと思うと、僕らを手招きして「特別ですからね」と言いながら二人分のチケットを切ってくれた。でも客席は本当に一つだけしか空いてなくて、僕は何と、小さなプロペラ機のコックピットの中に座らせてもらったんだよ！　操縦士と副操縦士のすぐ後ろの乗務員席。機械大好きの技術屋にとっては、最高に素晴らしいフライトになった。

妻は「旅では決して予定通りに物事が運ぶとは限らない」という予測をしている。だからどんなハプニングも予測の範囲内ってわけで、旅行中は本当に、不思議なぐらいパニックを起こさない。いつもの生活でもこんな風に構えていてくれると、ありがたいんだけどね……

妻の考えでは、我が家の家計を支えている僕は、旅行のスポンサーでもある。だから僕の希望(行ってみたいところやしてみたいこと)は、常に最優先で計画に盛り込まれるし、妻の希望を叶えて一緒に旅してくれる僕を責任持って楽しませるために、全力で惜しみない努力をしてくれる。僕は休みの前には普段より大量の仕事をこなさなくちゃならないから、ギリギリまで必死に働いて、出発する頃にはたいがいすでに過労気味だ。旅に出てエキサイティングな時間を過ごしていると、決まって体調を崩し、熱を出したりしてしまう。

妻はそんな僕をかばって、こまめに休憩をとるよう気をくばり、用意してきた薬を飲ませ、僕の分の荷物まで持って歩こうとさえしてくれる。まさに至れり尽くせり。百五十五センチの妻が二人分の荷物をひっかついで先頭に立ち、百八十センチの僕がふらふらしながらその後をついていく姿を、現地の人が不思議そうにながめてる、なんてこともよく起こる。

ここまではいいんだ。僕だって本当に、妻の有能なところや、気くばりや、僕を楽しませようとする努力はありがたいと思うし、感謝もしてる。でも、妻だって旅をする時はやっぱり、慣れない環境でかなりの無理をしているわけで、結局、こういう状態は長続きしない。何かが妻の計画通りにいかなかったり、妻のせっかくのプランに思ったほど僕が喜ばなかったり（実際は単に疲れてて、楽しむ余裕がなかっただけってことも多いんだが、そういう微妙な違いは妻にはわからない）……そのあたりから、妻の歯車は狂いはじめる。

二人で楽しい旅行をするために計画を立てたはずなのに、妻の中の優先順位はいつのまにか逆転してしまう。計画通り順調に物事をはこぶこと自体が目的になってしまい、妻自身が大好きな旅をしっかり楽しむっていう、本来の目的を忘れ去ってしまうんだ。計画をうまくこなそうとして精一杯がんばればがんばるほど、楽しむ余裕なんかどこかへ吹っ飛び、緊張とストレスと疲労が押し寄せ、ついに限界を越えて……毎回、妻は見事に玉砕してしまう。

旅行の途中からだんだん雲行きが怪しくなる。ピリピリと神経を張りつめ、何でもないことにイライラして僕に八つ当たりしだす。どうでもいいことにしつこくこだわりはじめ、あげくの果ては、うまくいかなかったことは何もかも僕のせいにして、あらゆることにグチグチと文句を言い続けるようになる。こっちにすればいい迷惑だ。当然、僕だってムカついて怒り出す。

二人とも疲れて心の余裕もなくなってるから、こうなるともう収拾がつかない。帰国する頃には、決まって相当な険悪ムードだ。ケンカしながら家にたどりつくと、妻は旅の疲れが一気に出て、一週間ぐらい熱を出して寝込んでしまう。そうやってゆっくり休める方はいいけど、僕はそうもいかない。妻とのいざこざで気分的にくたびれ果て、ムカついた嫌な気分を引きずったまま、仕事に戻ってまた忙しく働かなくちゃならないんだ。

妻と旅すると、毎回必ずこの調子。普通ではまず味わえないような、驚きと発見でいっぱいの盛りだくさんな経験ができるのは確かだけど、ひどくうんざりさせられるのもまた事実だ。僕があまり旅行に行きたがらないのは、こういう事情もあるからなんだよ。

妻自身、旅行が毎度気まずい結末に終わるのは自分のがんばりすぎが原因だってことには気がついている。そこで妻も考えた。団体ツアーだったら、何も考えずにただついて行けばいい。自分の希望にあった内容ばかりじゃないにしても、お客さんとしてもてなされる側なんだから、楽な旅ができるはずだ。

「でねでね、こんなの見つけたんだ！　横浜行って、みなとみらいの高級ホテルで三連休を過ごして、中華街で食べ歩きするのと同じぐらいの料金で行ける、中国激安ツアー。超高級ホテルに泊まって、観光も、豪華料理食べ放題の食事も全部コミなんだよ。しかも週末の二泊三日だから、夫がたった一日休みを取れれば行けるんだけど。ねえ、どうかなぁ？」

　大型連休の時期じゃなく普通の週末だし、スケジュールびっしりで自由時間が少ない分、確かに激安。空港までの交通費を入れても、同じ日数の国内旅行より安い計算だ。こういうツアーでは必ずバカ高いみやげ物屋に連れて行かれるはずだけど、僕も妻も、強引な売り込みなんかじゃびくともしない程度には旅慣れている。がんばらなくてもいい旅だったら、妻がピリピリすることも少ないだろうし、ケンカせずに二人とも気分よく過ごせるかもしれない。何より、妻がこんなに行きたがってるんだから、一度ぐらい試してみようか……。

　が、しかし。何とか平和に過ごせるかもしれないと思った僕がバカだった。

　激安ツアーに参加してみてわかったことは二つ。一つは、妻のがんばりすぎを止めることは、いかなる状況でもほとんど不可能だってこと。妻はやっぱり大量の情報を集めて準備をし、僕のために民族音楽のミニライブを予約し、わずかな自由時間をフルに使って僕の好きそうな場所を案内してくれた。自分のことは「つい」忘れてしまって、結局ほとんど楽しめなかった。

　そしてもう一つわかったことは、異星人妻には、地球人のグループ、中でも特に

「日本人の」団体にさりげなくとけこむこと自体、相当に無理してもやっぱり難しいんだってことだ。

いや、妻は別に団体行動のルールが守れなくて、他人に迷惑をかけたりしたわけじゃない。集合時間も毎回守ったし、挨拶《あいさつ》だってしてたし、誰かに話しかけられれば愛想よく受け答えもしていた。

「とにかく現地人のガイドさんにもツアーの参加者にも、話をする時は相手のいいところをほめるように心がけたりして、気をつかってたんだよ」。それは本当だと思う。僕がそばで聞いてた限りでは、誰にも失礼なことを言ったりしてもいなかった。

それでも、日本人に混じるとやっぱり妻は「異星人」だ。どこか違った雰囲気をただよわせ、どうしようもなく浮いてしまう。高級な美術品や工芸品なんかには一切興味がないから、そういう店に「伝統文化の見学」とかいって連れて行かれても、説明を聞くフリさえしない。なるべく離れたところで、露骨にうんざりした様子で突っ立ってるだけ。免税店でも同じことで、ブランド品にも高価なみやげ物にも興味がないから、店の中を見て回るフリさえせずに、ただじっと終わるのを待っている。わざとじゃないんだろうけど、こういう時の妻はすごく不機嫌そうに見えて、感じ悪かった。

そして、食事の時はもっと悲惨だった。このツアーの売りは「豪華料理食べ放題」が何回かあること。でもお店の方は当然、高い料理をたくさん食べられたくなんかないから、わざと安い料理を先にどんどん並べておいて、高級な料理は後から、ほんのちょっぴりしか持ってこない。おかわりを頼もうにも、店員が姿を見せない。現れるのは別料金のビールやお酒を注文した時だけで、そういうのだけは即座に持ってくる。

日本人の参加者は「仕方ないわねえ」なんてお互いにグチを言いつつも、店に対しては文句を言わない。まあ、本音では不満なのかもしれないけれど、高い料理をもっと持ってこいなんて言うのは何だか貧乏くさい感じだし、他の人の手前、そんなに食い意地のはったところは見せたくない。それに何より、強く主張して「カドが立つ」ことをなるべく避けようとするのが、普通の日本人ってものだ。

ところが妻は違う。ツアーは商品だから、契約に入っている旅行内容はすべて文字通り実行されるべきだと信じこんでる。食べ放題と書いてあれば、好きなだけ料理を頼むのは当然の権利で、それを要求するだけでなぜ自分がその場から浮いてしまうのか、妻には理解できない。しかも、他の日本人に変な目で見られたり、周囲に妙な雰囲気がただよいはじめたりしても、妻にはそれを感じられない。

でも、確かに妻は、何も「悪い」ことをしたわけじゃない。もしこれが日本人の団体じゃなかったら、妻の態度が特におかしいとは誰も思わなかっただろう。契約通りの食事をきちんと出すように要求するのは、中国やその他の多くの国ではごく当たり前のことだ。僕自身、他の日本人と一緒じゃなければ平気でどんどん主張していたと思う。まわりの日本人の手前、そういうふるまいはしたくなかっただけだ。ところが妻には、そうやって周囲の状況に応じてさりげなく態度を使いわけるといった器用なことはできない。良く言えば表裏がないってことだけど、その場に応じた適切なふるまい方ができないってことでもある。妻がよく、自己主張の国アメリカにいると居心地がいいって言うのも無理はない。物事をはっきりさせたがらない日本人の社会は、あいまいなことが苦手な妻にとって謎《なぞ》が多すぎ、適応するのもきっとすごく大変なんだろう。決して妻が悪気でやってるわけじゃないのはわかってるつもりだけど……僕だってやっぱり日本人だ。周囲のツアー客の注目を一身に集めながらも断固として料理を要求しつづける妻の態度は、僕にとって、正直なところかなり恥ずかしかった。

そして妻自身も、後で自分が周囲の日本人から思い切り浮いていたことや、そのことで僕に恥ずかしい思いをさせたことを知って、深〜く傷ついた。自分のふるまいや考え方にすっかり自信をなくしてしまい、帰る頃には不安感が強くなってピリピリしはじめ、僕に八つ当たりしだした。結局、家に着く頃にはいつもと同じように険悪なムードになってしまった。

やれやれ……

ところが、それからほんの数日後。居間のすみっこに旅行パンフレットがひと山積んであった。旅に関する限り、妻はこりるとか、あきらめるとかってことは絶対にないらしい。

「今回失敗した経験を生かせば、次こそきっと、何とかうまくやれるはず……」

妻はパンフレットを見ながら一人でつぶやいてる。まあ、さすがにこの先しばらくはどこかに行くつもりはないようだけど、とにかく僕としては、今回の苦い経験が相当遠い過去のように思えるまでは、「次」なんて絶対考える気はないからね。そのつもりで頼むよ！　妻。

僕らのこれから

⑴妻と僕の現在

妻は確かに、日常生活で常に介助を必要とするような意味での「障害」は持っていない。けれど、当たり前に社会に参加して生活ができるかというと、決してそうじゃない。とても中途半端《はんぱ》な立場なんだ。妻は大卒で、英語も堪能《たんのう》だけれど、社会に出て就職したらたちまち挫《ざ》折《せつ》を経験している。働く能力が全然ないわけじゃないし、今でも仕事をしたい気持ちはあるけれど、店員や事務員といった人と接する仕事は難しいので、気軽にパートに出るわけにもいかない。こういう仕事は一見単純そうだけど、実は自閉系にとって一番苦手な、その場の状況や相手の気持ちを読みとって、臨機応変に対応するという能力が必要とされるからだ。

ボランティアグループや趣味の集まりみたいなところに参加をすすめられたこともある。けれど、僕らが今住んでいる地方都市では、そうした活動に参加するにしても、車の運転ができなければ自由に出かけることさえできない。ところが、妻は運転免許を持っていないし、実際、運転は人の命に関わることなので、したくないんだ。自閉系は注意力のピント調節がうまくできないので、複数のことを同時進行させる作業が極度に苦手。ところが車の運転というのは、前方を見ながら後ろや左右にも気をくばり、手でハンドルを握りながら足でペダルを操作するという、まさに複数のことを同時にこなさなければ絶対できないことだ。だから、妻は自分には車の運転は危険すぎると判断して、あきらめた。でもたとえその問題がなくても、何かのグループに参加して、他の人たちと協調して活動するのは、やっぱり難しいだろうと思う。

そんなわけで、今のところ妻のやっている仕事といえば、家でパソコンに向かい、英文特許を翻訳する内職ぐらいのもの。インターネットを通して世の中と接触している以外、周囲の社会とはほとんど何の関わりも持っていない。もちろん、別にインターネットが悪いってわけでは全然ない。Ｗｅｂサイトを通して情報発信することで、妻は自分なりの形で社会に参加しているわけだし、おかげで世界中に知り合いや友人がいる。妻みたいに人と直接関わりを持つのが苦手な人のためには、インターネットはとても便利なツールだ。

けれど、現実の生活ではどうしても、家に引きこもりがちなのも本当だ。「まだ三十代後半なのに、まるで社会から引退したみたい」、と自分でも言っている。確かにあんまり生き生きした人生とは思えないし、僕も時々、妻の将来が不安になる。僕がついている間はいいけれど、もし何かあってひとりで生きていくことになったら、妻の生活はいったいどうなるんだろう？

妻は子どもの頃から、世の中で自立して生活できる人間になるようにと、厳しくしつけられて育ったそうだ。それは立派な信条だし、決して間違ってはいないんだけれど、今の妻にとって、この考え方がけっこう心の重荷になっている。自分に十分な社会的な能力がなく、経済的な自立もできそうにないことを痛いほど自覚しているうえ、そのことをひどく引け目に感じているもんだから、時々そのことでウツがひどくなり、深く落ち込んだりすることもある。

じゃあ、妻みたいな人にとって、世の中にはどんな居場所があるんだろう？　僕らは重度の自閉症の人たちを主な対象にした作業所を見学したこともある。でも、そうした場所では、言葉を持たない人たちが多いこともあって、意思の通じないもどかしさから誰かが大声を上げたり、パニックを起こしたりすることもしばしば起こる。急に大きな音がしたり、激しい感情が爆発したりする環境は、妻にとってはむしろ不安で落ち着かない雰囲気で、とてもなじめそうになかった。同じ自閉系といっても、妻のような人は、そこでは逆に普通すぎたんだ。

僕らは、特別手厚い福祉サービスや介護を必要としてるわけじゃない。けれど、妻の希望は、できればもう少し社会と関わりを持ちながら生活していくことだし、そのためには、いくらか日常生活を援助してもらうだけでずいぶん助かるのにな、と思うことはよくある。職場を紹介してもらったり、仕事をする上でうまく環境になじめるように手助けしてくれる「ジョブコーチ」というヘルプ役にしばらくついていてもらえば、就職だってできなくはないはずだとも思う。でも、妻みたいに一見してどこに不具合があるのかわからないような人を十分に理解し、必要なサポートを提供してくれるような機関は、まだまだ少ない。たとえあっても、大きな都市にしかなかったり、保険診療のきかない私立のクリニックや個人開業のカウンセラーだったりする場合がほとんどだ。僕らみたいな地方都市の住人にとって、必要な援助を実際に手に入れるのは、まだまだ難しい。

(2)異星人妻とのこれから

　異星人妻には、確かによその奥さんと同じようなことは期待できない。会社で同僚たちと昼ごはんを食べていると、よく、小遣いが少ないっていうグチを聞かされる。でも、連中がそんなのんきなことを言ってられるのは、やりくりの苦労を知らないからだとしか思えない。ウチでは僕が家計と財政の管理を全部自分でやっているというと、妻に十分な生活費も渡さず、好きなようにお金を遣ってるんじゃないかと勝手な想像をされることもあるけど、とんでもない！　そもそも数字が苦手な妻に頼まれてやってるんだし、その妻は決して浪費家なわけじゃないけど、予算内におさまるように計算しながら買い物することができないとくる。パソコンの家計簿をにらみながら赤字の穴埋め方法を考え、やりくりに悩むのが僕の役目。家庭の切り盛りはもっぱら奥さん任せで仕事中心に生活している同僚たちには、おそらく家計管理がどんなに面倒で大変なことなのか、わかっちゃいないんだろうな。

　あんなに仕事のことだけを考えていられるなんて、正直、うらやましいなと思う時もある。我が家では、僕はお金の管理だけじゃなく、音が苦手で妻が毛嫌いしている掃除機をかけたり、視力の悪い妻が見落としてるのでたまりがちなホコリを掃除したり、こまごました家事もいろいろやっている。外で働けない分、妻はなるべく家の中のことは自分がこなそうと努力はしてるんだけど、やっぱり限界があるんだ。でもまあ、二人の家なんだから、用事は得意な方が担当すればいいことだし、苦手な部分はお互い助けあえばいい。妻が得意なのは料理と情報集めだけど、もちろんそれだけじゃない。僕がつい、いろいろとためこんでしまうバイクのパーツや工具、ツール類を整然と分類・整理し、信じられないぐらい狭いスペースの中に、驚くほど使いやすく収納してしまうのも特技のひとつだ。

妻は妻にしかできない独特のやり方で、一生懸命に僕を助け、支えようとしてくれる。だから僕は決して、妻の保護者をしているつもりはない。妻と結婚しているとトラブルも多いし、まあいろいろと面倒なこともある。でもプラスとマイナスで考えると、マイナス面も多いかわりに、ものすごく大きなプラス面もある。

残念ながら、さすがの僕にもやはり、常にプラスの面だけを見るってことはできない。妻のやることなすことにひどく腹が立ったり、失望したりする時もある。はっきりいって、もういいかげんに妻との生活をあきらめたいと思う時だってある。

ただ、異星人妻はどんなに誤解されようと、対人関係で手ひどい失敗をしてどん底まで落ち込もうと、それを「自閉症スペクトラム障害のせい」には決してしない。自閉系と気づかずに世の中で長年苦労してきたせいで、二次的障害としてウツ症状も持っているから、調子がいい時でもなかなか元気ハツラツとはいいがたいし、気分の落ち込みから立ち直るには人一倍時間がかかるけど、ウツが悪化して活動力がひどく下がっている時でも、何かができないことを「ウツのせい」だとは絶対に認めない。自閉系の影響だろうと、ウツ症状の影響だろうと、自分の行動とその結果は、常に自分の責任、なんだそうだ。だから、手持ちの能力や気力の範囲で精一杯の工夫をして、なるべく人並みに物事をこなすよう、努力しながら生活している。気力があまりにも落ち込んで、起き上がっているのさえつらいような時でさえ、一生懸命、粘り強く物事に取り組む前向きな姿勢だけは、決してなくさない。

そうやって、どんな時も決してあきらめない妻を見ていると、たとえ妻のマイナス面ばかりがあまりにも大きく見える時でさえ、この結婚生活をあきらめ、妻のプラスの面を失ってしまうのは、僕自身にとってあまりにももったいないという気がするんだ。

それに、今も少しずつではあるけれど、僕らの生活にはプラスの面が増えてきているると思う。妻の人生はなかなかうまくいかないので、挫折《ざせつ》も多いし、ウツにも悩まされてるし、何かとしんどそうだけど、それでもがんばる彼女を見ているのは、けっこう楽しい。妻が言うように、明日のことなんて誰にもわからないけれど、僕としてはできればこれからも、他の誰とも違う、ユニークでおかしくてちょっぴりヘンな夫婦として、他の誰も通らないようなデコボコ人生を、二人で一緒に歩いていければいいなと思っている。

著者あとがき

はじめまして、著者です。

え、なぜ一冊の本の結びのあいさつが、「はじめまして」なのかって？

疑問に思われるかもしれませんが、理由はいたって簡単。ここまでこの本の語り手をつとめてきた、「僕」こと夫＝著者ではないからです。私、実際の書き手は「異星人妻」、高機能自閉症・アスペルガー寄りと診断された当事者です。自分自身や自分たち夫婦の姿を、パートナーである「夫」の視点から物語ることで、二人の日常をいつもと違う方向から見つめ直すことができるのではないか。そして、書くことを通して、夫が日ごろ感じていることや考えていることをもっと理解し、夫婦の関係をよりよくするために役立つのではないだろうか。そんな思いつきから、この本のスタイルが生まれました。

アイデアとしては悪くなかったのですが、実際に書いてみると、そこには大きな誤算がありました。そもそも私が「異星人」と称しているゆえんは、自閉系人に共通する周囲との違和感、独特の異質さを、当事者や家族がしばしば「よその星から来た人のよう」と表現するからで、私自身もまさにそんな風に感じるからです。ところが、自閉系人の主要な特徴のひとつは、「自分以外の人間の気持ちや考え方を理解する能力に問題がある」ということ。

つまり、他人の立場からものを見たり考えたりすることがうまくできないからこそ「異星人」だというのに、一冊の本を丸ごと、夫という他者の視点から書こうとすること自体、とんでもなく無謀な行為だったのです。もし最初からこの矛盾に気づいていたら、恐ろしくて挑戦することさえできなかったかもしれません。幸い、気づいた時にはすでに遅く、もう引き返すわけにはいきませんでした。とにかく何がなんでも書き進むしかない。その一念でどうにか、「あとがき」までたどりつくことができたのですから、わけもわからず始めてしまったことが、むしろよかったのだと思います。

この本は、一見ごく普通の人に見えるのに、実は生まれつき脳のつくりやはたらきが微妙に違うため発達段階がうまくいかず（発達障害）、大人になった今も社会性やコミュニケーション能力に問題があって、世の中に適応し普通に生活することが難しい（自閉症関連の障害）という、自称「地球生まれの異星人」ことヘンで不思議な妻と、いたって普通の地球人サラリーマンである技術者の夫、つまり、私たち夫婦の生活を描いたものです。なるべく現実に忠実に、二人のありのままの日常を描写したつもりです。

私の心理カウンセラーは、「夫の立場から見た自分たち夫婦の物語を書く？　当事者のあなたが？　ありえない！」と驚きあきれましたが、実際、信じられないほど大変でした。カウンセラーが心配したのは、自閉系の特徴のひとつとして「想像力の障害」がよくあげられるからです。ただし、これは必ずしも「創造力」「空想力」にまで問題があるという意味ではありません。心の中に自分だけの空想世界を作り上げ、夢想にひたるのが好きだという自閉系の人はたくさんいます。映画や小説など、既成のフィクション世界を楽しむ人もいますし、小説やアート作品を創造することを好む、クリエイティブな人もたくさんいます。私も長年絵を描いたり、詩や小説を書いたりしてきましたし、自分の半生を本にまとめたこともあります。この本を書くのが難しかった理由は、文章を創作する能力の問題ではなかったのです。

「想像力の障害」の中心は、目の前にいる人の心の動きや考えを察したり、自分がある行動をしたらどんな反応が返ってくるかを予測することがうまくできない、ということです。つまり、他人の立場に立って考え、気持ちを理解することの困難さなのです。だからこそ、夫を語り手にしたことで、この本は自閉系異星人である私の能力を超えてしまったのでした。

これを乗り越えるためには、夫の協力が不可欠でした。私が一話書き上げるごとに夫にチェックしてもらい、内容が彼の視点から見た感覚とズレていないか、確認してもらいます。おかしな部分があればそこを私が書き直し、夫が再度そこを確認し……という、気の遠くなるような繰り返しの末に、この本ができあがりました。その間も、ここに描かれているような結婚生活のすったもんだは続いていたわけで、大ゲンカをして、とても夫に確認作業を頼める状況ではなくなってしまい、原稿の仕上げ作業が一時中断したり、ケンカの後遺症で家の中の緊張が高まり、あまりの険悪ムードに耐えかねて私のウツ状態が悪化し、とても軽快なテンポの文章が書けなくなって進行が停滞したり。とにかく厄介なことが次々と起こりました。

けれど、困難が多かった分、得たものもまた実にたくさんありました。改めて文章にすることで、夫が私たちの結婚生活についてどう考えてきたのか、これからの人生に何を望んでいるのかといった、さまざまな思いを知ることができました。これまで彼があえて口にしなかった苦労や辛《つら》かった時のことを聞き、私が彼について長年、たくさんの考え違いをしていたこともわかり、素直な感謝の気持ちとともに、夫への新たな理解と信頼感が生まれました。

そして今回、私たち夫婦をサポートしてくださる人々の存在のありがたさを改めて実感しました。本に書いている夫婦の姿と、夫との現実の生活で今まさに起きている問題とを同時に抱えて、私がパニック状態に陥った時（何度もありました）、相談にのってくれたり、励まし応援してくれた友人たち。医師やカウンセラーといった専門家の方々。こうした人々の協力なしには、この本を書き上げることは難しかったでしょう。皆さん、本当にありがとうございました。

そして、私に今回出版のチャンスを与え、長かった執筆期間を根気よく支え、折にふれ貴重な助言をしてくださった編集者の秋山洋也さんには、特に深く感謝申しあげます。電話を一本かけるためにも、何時間もかけて想定シナリオを書いて準備しなければならなかった、こんな異星人に理解を示し、励ましながら導いてくださり、本当にありがとうございました。

また、この本のためにほのぼのとした雰囲気のイラストや図版を製作してくださった児島麻美さんにも、心からお礼申し上げます。ユーモアたっぷりに、見やすくわかりやすく仕上げてくださいました。

私の両親はしつけにはとても厳格でしたが、いつでも「人と違っているのは良いことだ」と言って、私を育ててくれました。私は子どもの頃からうまく周囲にとけこめず、奇妙なふるまいが目立ちました。まだ発達障害や高機能自閉症の存在も知られていなかった時代のこと、私の言動はわがまま勝手な性格のあらわれと見られ、問題児扱いされたり、いじめにあうこともしばしばでした。けれど両親は、私がどんなに奇妙なふるまいをしても、「他人と違う」という理由で叱《しか》ることは決してありませんでした。そのかわり、他人に迷惑をかけた場合は、常にきびしく罰せられましたけれど。

わが家は経済的にはあまり余裕がなかったのですが、とにかく好奇心豊かな一家でした。町で何か見たこともない食材、珍しい果物などを見かけると、高価なものでも少しだけ買ってきては、分け合って味見するのが家族の楽しみでした。港町神戸に住んでいたので、海外からやってくる珍しいものとの出会いにはこと欠かなかったのです。

こんな両親のおかげで、私は周囲の人々とうまくいかず、どんなに居場所のない思いをしても、自分の生まれ持った異質さそのものが「良くない」のだと、自分を全面否定してしまうことはありませんでした。自閉系人は、慣れないことや未知のものに対して不安や恐れを感じることが多いものですが、私の場合、好奇心たっぷりに育ったおかげで（不安は常にありますが）、一人で世界を旅してまわるほどの積極性や行動力を持つことができました。広い世界を歩き、見聞を広げたことで、世の中には多様な文化があり、ものの見かたや考えかたもそれぞれに違っていること、それが当たり前なのだということを、実際に身をもって経験することができました。

常に好奇心を持って人と接し、相手を理解しようと努力すること。ものごとのとらえ方は人それぞれで、正解は決して一つではないこと。世界を旅して身につけたこうした感覚は、私が結婚し、波乱を繰り返しながらもどうにか十年間、この結婚生活を続けてこられたことに、重要な役割を果たしていると思います。夫との生活を一種異文化交流ととらえ、彼の持つ文化……仕事や趣味、興味のもちかたや考えかたなど……に好奇心を持ち、夫という人を知る努力をしたことで、何とか少しでも夫の気持ちに近づくことができたからです。夫もまた、お互いの違いを認めあって楽しむ、という基本姿勢を共有してくれる人だったのは幸いでした。私たちのこの姿勢は、おそらくこれからもずっと変わらないでしょう。

それでも、私にとって結婚はあまりにも急激で大きな生活の変化で、適応は困難でした。ストレスが重くのしかかり、ウツ症状、アルコール依存、摂食障害などが次々と起こってきたうえ、夫ともまるで気持ちが通じあわず、いさかいばかり。お互いに安らぎのない生活が何年も続き、結婚生活は常に破綻《はたん》の危機にひんしていました。どう考えても、この原因は自分が異常なまでに激しく生活に不適応を起こしていることのように思えたので、私は二人の関係を立て直そうと、懸命に理由を捜し求めました。そして三十代半ばになってようやく、自分に自閉症の傾向があるという事実にたどりついたのです。

私の診断名には「障害」という言葉が使われていますが、私はこれを、「社会の中で当たり前に生活することが困難なレベルの不具合がある」という意味でとらえています。一見どんなに普通に見えようと、実生活では明らかにいろいろな不具合が起きているからです。就職すれば、周囲の人々を巻き込んでトラブルを起こし、職場に迷惑をかけ、自分はストレスで参ってしまう。最も身近な存在であるはずの夫とですら、コミュニケーションには相当の問題があり、今でも、ちゃんと意思を通じ合わせることができないこともしばしばです。

私の場合、知能に遅れがなく、言葉が使え、書かれたものならかなり複雑で難しい内容も理解することができます。けれどそれは、自分の能力の欠陥を頭では痛いほど理解できていながら（それは生まれ持ったものなので）、思うようにコントロールすることはできない、という、情けなくもどかしいことなのです。また、非常な努力をして何とか表向き普通にふるまっていればいるほど、実際に感じている困難さや抱えている不具合は外から見えず、うまくわかってもらうことができない、ということでもあります。

もちろん、どんなに努力していても、時には奇妙なふるまいやおかしな発言をしてしまいます。けれど、そうした失敗の大部分は、一つずつ見れば特別驚くほどのことではないため、誰でも多少は持っている風変わりな部分、という程度にしか受け取られません。実はそれが氷山の一角にすぎず、自閉系異星人である私の異質さのほんの一部分がちらりとのぞいただけだ、ということは、私の日常をよく知る人以外には、およそ理解しがたいことなのです。この本は、そうしたわかりづらく見えにくい部分を、日々の生活のささいな出来事の積み重ねから描き出そうという試みなのです。

この本を書くにあたっては、たくさんの自閉症関係の研究書や当事者の手記を読み、心理の専門家からのアドバイスも受けました。結婚生活に関する一般的なハウツー本の数々にも、大いにお世話になったと思います。自閉症、精神医学、心理学など学術的な分野の記述に何か誤りがあったとすれば、すべては著者の責任です。しかし、私は単なる一当事者にすぎませんし、ここに書かれていることも、私たち夫婦の経験をもとにしたものです。この本はあくまでも、個人的な体験談としてご理解くださいますよう、お願いいたします。

最後までお読みいただき、ありがとうございました。

少しは楽しんでいただけましたでしょうか？　そうだったらいいのですが……

二〇〇五年八月

泉　流　星

文庫版あとがき

文庫化に当たっても、また多くの方のお世話になりました。解説を書いて下さった市川拓司さんにも、心よりお礼を申し上げたいと思います。ありがとうございました。

この本を書いて一番驚いたのは「私自身もやはりエイリアンだと思うのですが……」という反響が、とても多かったことです。また、生活のあらゆる面についての悩みや相談もたくさん寄せられ、そうしたやりとりを元に続刊、『エイリアンの地球ライフ』(新潮社)を今年初めに出すことができたのも、さらに思いがけない喜びでした。

私自身、この本を書いたおかげで、ほんの少し心強くなれた気がします。今も相変わらず、本に描かれているようなしっちゃかめっちゃかな日々を過ごしていますが、何とかこれからの人生、しっかり歩いていけたらなあ、と思っています。

最後に、やはり地球人夫に感謝をこめて、ありがとう。

二〇〇八年五月

泉　流　星

重なるパーソナリティ

市川拓司

たとえば、『いま、会いにゆきます』の巧《たくみ》、あるいは、『恋愛寫眞《れんあいしゃしん》――もうひとつの物語』の静流《しずる》や誠人《まこと》。彼らも、自閉系人――エイリアンです。描いた作者のぼく自身、そのときは気付いていませんでした。でも、いまなら分かる。

ぼくは、自分だけの勝手な尺度として、アスペルガー的な人格のカウンターに、「ヤンキー的」人格を想定しています。別に本物のヤンキーである必要はない。その ひとは実業家かもしれないしスポーツマンかもしれない。彼らは社会性がとても高く、人間関係にひどく敏感です。縦の繫《つな》がり、横の繫がり（先輩が、あいつの後輩が、友達のために、云々《うんぬん》）。装《よそお》いに気を遣い、仲間と同調することを望みます。ラベルとしてのブランドが好きで、会話の内容は、主に「誰がなにをした」で成り立っています。ヒエラルキーや「格」を重んじ、他者との関係において、つねに「格の上下」を決めたがります。成熟が早く、人生の早い時期で親になっていきます。プライド、誇り、虚栄心、なんでもいいですが、そういったものを大事にします。

まあ、挙げていったら切りがないのですが、その反対側にいるのがアスペルガー的ひとびとだとぼくは思っています。アスペルガー的なひとびとは、いま挙げたことは、たいてい逆向きに考えているはずです。

この国は、圧倒的にヤンキー的人格のひとが多いように思います。世界的に言っても、かなりヤンキー度が高い国だと感じています（TVを見ていると、特にその感が強くなります）。地理的条件が大前提としてありますから、どうあってもそうなっていく。国土が狭く、他地域との交流が乏しいので、高度に社会性を発達させていく必要があった。子孫を残すための戦略です。自分が身を置こうとしている集団の中で、うまく立ち回り尊敬を得て、異性の関心を獲得する。

なので、この国でアスペルガー的な人間をやっていくのは容易なことではありません（まあ、他国でも似たようなものでしょうけれど）。

この本は、高機能自閉症の妻が感じている困難や戸惑いを、夫の目を通して描くという形をとっています（実際にはご本人が描かれているわけですが）。

そこに描かれているディテールにぼくは激しく共鳴します。ぼく自身が、自閉系スペクトラムのどこかに位置する人間で、やはり同じように日々の困難を感じているからです。

例えば記憶の問題。

『いま、会いにゆきます』の中で、巧はすべての仕事をメモ書きにして、目の前のボードに貼《は》り付けていくことで、自分の記憶力の弱さを補おうとしています。これはぼく自身が勤めていたときに実際にやっていたことです。本書の「妻」もリストをつくることで、「物忘れ」を補おうとしています。一般的な感覚で言えば、これはもうかなり認知症が進んだ状態だと言えるかも知れません。でも、ぼくらは子どもの頃からそうなので、これを特に病気だとは思っていません。ただ、不便ではありますが。

それでいて、昔の出来事はおそろしく鮮明に憶《おぼ》えているのですから、なんとも不思議なものです。うちの奥さんとぼくは高校三年間同じクラスだったのですが、あるとき、その間の級友たちの席順を一覧にしたことがありました。ぼくらは映像で憶えているので、見回せば、友人たちの顔が見えるんですね。そうやってほとんどの席順を埋めてゆきました。ひとつの学年でも席替えがあるので、かなりの量になりましたが、三十年近く経《た》った今でも、こういった記憶は鮮明に残っているものです。

例えば電話嫌い。

これも、激しく共鳴できます。ほんとに電話は嫌いです。役所に問い合わせの電話を入れることができずに、夫婦で何度もジャンケンを繰り返し、互いに強引に譲り合ったあげく、結局どちらも電話できずに、ぼくの父親に泣きつく。ほんの些細《ささい》な、ゴミ出しの曜日とか、そんな類《たぐい》の問い合わせです。それでも駄目なんですね。ぼくは店員さんになにかを訊《たず》ねる、ひとに道を訊ねる、それもまったくできないので、そこにさらに本書に書かれているような、「音のひずみ」問題が加われば、もう完全にお手上げです。

人間に表裏がないこと、五感過敏、逆に痛みに対する鈍感さ、環境や予定の変化を極度に嫌うところ――ここに書かれていること、ほとんどがぼく自身にも当てはまります。

あまりに、パーソナリティがきれいに重なるので、ときおり不思議な気持ちになることもあります。脳の機能に同じ偏《かたよ》りがあるのだとしても、なぜ、好きなものや嫌いなものまで一緒なのだろう？　と。

あるアスペルガーについて書かれた本には、「彼らはみな電車好きであり」と、ほとんど断言するような記述があって、そこまで言い切れるのか？　と思うのですが、実際、知っている顔を思い浮かべると、ぼくも含め、全員がなんらかの形で電車が好きなんですね。ぼくは電車模型マニアで、あるひとは時刻表マニア。あるひとは電車の写真を撮ることにはまっている。恐ろしいほどの相似性。

それでも、この自閉系人――エイリアンたちにも、それぞれ個々にはあきらかな違いがあります。

たとえば、「妻」は、子どもの頃からかんしゃくのきつい子だと思われていて、自分でも「瞬間湯沸かし器」というあだ名をつけていた、と言っています。

その理由は不安にある。理由の分からない恐怖を怒りに転化する。つまり、基底にあるのは、不安や恐怖なのだ、と。

おそらく、この不安に陥る――パニックを起こす――かんしゃくを爆発させる、という流れは、自閉系のひとびとの中では、多数派のような気がしています。

ぼくは、逆に少数派（勝手な思いなしですが）の怒らずに、とことん不安を膨らませていくタイプです。「妻」が自分に「瞬間湯沸かし器」と名付けていたように、ぼくは友人たちから「お地蔵様」というあだ名をもらっていました。いくらからかっても、怒らずにへらへらしているから。

攻撃性は限りなくゼロで、ひたすら怯《おび》えるタイプです。萎縮《いしゅく》、緊張し、最後にはパニック発作を起こします。激しい動悸《どうき》と呼吸困難、離人感が強くなり、世界が自分の内側に収縮していく。全身が痺《しび》れ、最悪の場合気を失います。

根底にある、ひどく不安を感じやすい、という形質が、両極端な形となって現れるというのもまた、人間の不思議なところです。

あるいは、同じ自閉系人でも、「論理性優位」と「映像優位」に分れるという考え方もあります。ぼくはお医者さんからは「映像優位型」だと言われています。また、上記のように、あまり怒ることのない「生まれながらの民主主義者」は、この「映像優位型」に多いのだとも聞いています。映像優位型は比較的自己肯定感が強く、他者に関しても無頓着《むとんちゃく》で、それゆえに攻撃性が弱いのではないか、なんてぼくは勝手に思いなしていますが。

この自己肯定感というのは、大きなキーワードのような気がしています。ぼくは、自分がナルシストだといつもいろんなところで書いているのですが、ぼくは自分自身のファンであり、強烈な共感者でもあります。自分を俯瞰《ふかん》するもうひとりの自分がいて、彼はこの人間がおもしろくてしかたない。

そこには、強烈な自己肯定感が働いているはずです。

けれど、多くの自閉系のひとたちは、自己肯定をうまくすることができずに、鬱《うつ》になり、自傷行為や摂食障害に苦しんでいます。「妻」が陥ったように、アルコール依存症で苦しんでいるひともたくさんいます。一番深刻な問題は、ここにあるのかもしれません。自己肯定感が持てないということ。

ひとと違う、ということが、自己否定に繋がってしまう。言葉でこれを覆《くつがえ》すことは難しいのかもしれません。けれど、特に若いひとたちに知ってもらいたいのは、多くの才能が、この自閉系のひとびとの中から現れているという事実です。人格の偏りも、ひとつの才能なんですね。ひとと違う視点を持つことは、大きな武器です。

本書の「妻」も、様々な才能を持ち、強い好奇心に支えられて、世界中を旅して回っています。

ある先生は、「人間、均《なら》せばだいたい一緒」と言っています。「均衡から、創造物は生まれないよ」とも。振り幅が大きいが故《ゆえ》に、苦しみ、同時に創造の悦《よろこ》びを知る。それが、良くも悪くも、ぼくらの生き方なんだと思います。

（平成二十年五月、作家）

この作品は平成十七年九月新潮社より刊行された。

僕《ぼく》の妻《つま》はエイリアン
―「高機能自閉症」との不思議な結婚生活―

新潮文庫　い－93－1

平成二十年七月一日　発行
平成二十一年十一月十五日　十　刷

著者　泉《いずみ》　流《りゅう》　星《せい》
発行者　佐藤隆信
発行所　株式会社　新潮社

郵便番号　一六二―八七一一
東京都新宿区矢来町七一
電話　編集部(〇三)三二六六―五四四〇
　　　読者係(〇三)三二六六―五一一一
http://www.shinchosha.co.jp

価格はカバーに表示してあります。

印刷・株式会社光邦　製本・株式会社植木製本所

ISBN978-4-10-135051-6 C0195